负薪集

中国出版集团有限公司
研究出版社

图书在版编目 (CIP) 数据

负薪集：吕新景诗词选 / 吕新景著 . -- 北京：研究出版社，2023.8

ISBN 978-7-5199-1554-4

Ⅰ . ①负… Ⅱ . ①吕… Ⅲ . ①诗词 – 作品集 – 中国 – 当代 Ⅳ . ① I227

中国国家版本馆 CIP 数据核字 (2023) 第 167250 号

出 品 人：赵卜慧
出版统筹：丁　波
责任编辑：范存刚　戴云波

负薪集：吕新景诗词选
FUXINJI：LVXINJING SHICIXUAN
吕新景　著
研究出版社 出版发行
（100006　北京市东城区灯市口大街100号华腾商务楼）
浙江经纬印业股份有限公司印刷　新华书店经销
2023年8月第1版　2023年8月第1次印刷
开本：787×1092毫米　1/32　印张：7.25
字数：127千字
ISBN 978-7-5199-1554-4　定价：68.00元
电话（010）64217619　64217652（发行部）

吕新景诗词选

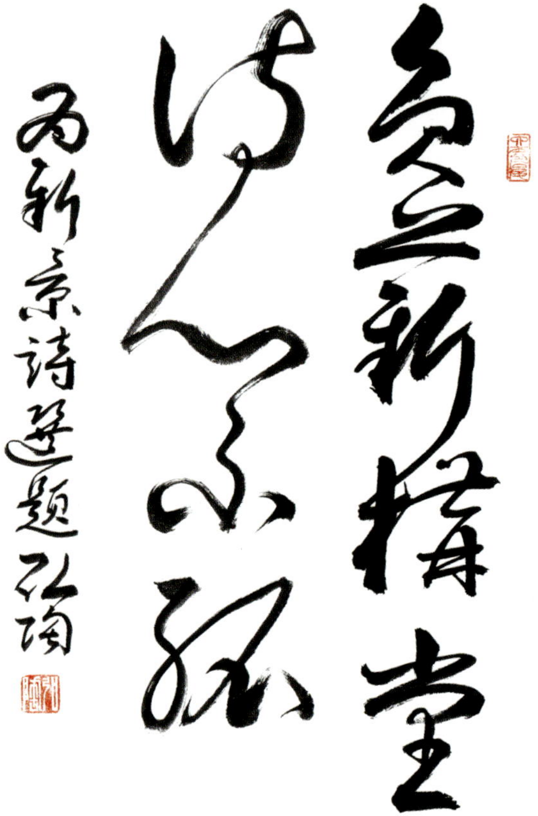

负薪构堂 诗心不孤　周文彰

誰唱靈江金縷歌
秋光千里起澄波
大胸已拓非常境
好句光如石上磨

書林峰撰信饒先生大作問世
癸卯盛夏京东一三居
錢塘任良

目　录

卷二 六言

卷三 七言

卷四　古风

卷五 词

卷七　诗话

序一

王骏

第一次见到吕新景先生还是2016年在天台的一次小规模诗词采风活动上。我当时作为一个企业诗社的代表也受邀参加了，并认识了刚从台州市广电总台台长的领导岗位上退休后担任台州市诗词楹联学会会长的他。一年后我也退休，到省诗联学会工作，与他在诗词工作上的联系就更为紧密了。

吕新景先生文学创作成果丰富，发表过小说、散文、新体诗，对影视作品的创作也颇有研究和实践。担任市诗词楹联学会会长后，旧体诗词成为他的创作主体，可谓“白发论诗韵，唐音逐画梁”（《冬至日仙居横街村台州诗联第二次诗词讲坛讲课》）。《负薪集》就是他2016年担任台州市诗词楹联学会会长后所创作的诗词楹联作

王骏：中华诗词学会常务理事、浙江省诗词与楹联学会会长

品选集。作者将自己的诗集取名《负薪集》，想必既有对早年负薪挂角的回忆，更有对如今从事诗词事业负薪继火的自白。

诗是诗人足迹和心绪的诗意记录，影射着诗人丰富的精神活动。《负薪集》的作品不是刻意“创作”出来的，而是生活中情感和思想的自然流露或倾泻。吕新景的诗，“寄意诗怀追热血”，有对时局世事的评说，有对人生自然的感悟，有对风景胜迹的咏怀，而更多的是日常所行所见所思的心声私（诗）语。“天高云自白，心淡气如虹。”（《六十抒怀》）“宁将玉洁抛冰水，留得芳心不染尘。”（《残荷四首（选一）》）“眼前丘壑三千尺，胸次毫无一点尘。”《行唐诗古道西程村》。这是诗人借景借事对诗意人生的内心独白。“问道千峰上，飞身万绿中。”（《登西程村观景台》）“求道何辞远，寻幽不问峣。”（《步韵李葆国先生〈访石梁镇〉》）这是诗人在山水胜景游历时的放歌。而面对世事的无奈，诗人也会时而发出理性的质疑甚至呐喊，如“古村清寥落，断壁照残阳。邻里二三户，空巢八九堂”（《重阳遥想》）；“挥锄毋作秀，做梦莫黄粱”（《植树节》）；“常趋草野知民瘼，少向豪门听佩珂”（《贺临海市诗词楹联学会第三次代表大会召开》）；“随处悠游，看了心愁。问苍茫、还有吟眸？垣残藏兔，人老如猴。只清溪冷，深溪浊，浅溪休”（《行香子·寄乡村诗词工委》）。

而纵观《负薪集》的诗词楹联，有两类互有联系的题材最具特色，数量也最多：一是诗路山水诗，二是家山感怀诗。而对于作者来说，家乡即是诗路乡，所以两类作品也可统称为诗路乡情诗。

台州地处浙东唐诗之路的精彩地段，作为台州诗人，天台山、括苍山、石梁、赤城、灵江、府城、神仙居等众多的诗路名胜古迹都成为吕新景诗词创作取之不尽的题材。作者时而用唐诗的雄浑对诗路美景透出自豪："天台四万八千丈，多少瑶池落翠崦"（《寻铜壶滴漏不遇却见水珠帘》），"惟有台山风日好，还将诗酒换吴钩"（《古风寻铜壶滴漏》）；时而以宋词的婉约对诗路低吟深情："红朱柿，白轻纱，秋思一缕挂枝椏。秋红尤比春红胜，灿过西山一朵霞"（《鹧鸪天·通玄寺寻迹》），"烟雨青丝成绝胜，湖堤浅草也飞花。小船画舫隔轻纱"（《浣溪沙·灵湖（三首）》）；当然也有以时代情怀对当代诗路巨变的讴歌："喜万家店厂，百城风物，路通四海，财聚瀛寰。赏雪冰城，观鱼南溟，高铁纵横一夕还。"（《沁园春·贺杭绍台高铁通车》）。而收集在诗集中的楹联则都是为台州诗路景点创作。通过琳琅多姿的诗词对联，我们可以深深感受到浙东唐诗之路上台州的山光、水彩和人意。

"诗人的天职是怀乡"（海德格尔）。乡愁、诗人、诗歌，似乎有一种天然紧密的联系。这一点可以在《负薪集》中得到很好的印证。"乡愁化梦正堪追"(《朱溪水库抒怀》)，对家乡山山水水和风俗人情的深情眷恋是吕新景重要的创作主题。我们可以从以下的诗句中略见一斑。诗中有对昔年往事的怀念："暮春花艳香红袭，一带青山烟雨浥。晚秋金色醉山村。腊酒足鸡肫"(《酒泉子·长忆家山(四首)》)；有对故土乡愁的表白："霞飞苍昊故乡远，梦落清潭月色稠"(《和合公园散步听天鹅长鸣有怀》),"一去前程千万里，山花开处是故乡"(《敬步周文彰会长〈天台石梁瀑布〉》)；还有对新农村新事物的赞歌："一声啼落千山月，八骏飞腾万谷氲"(《宿石门山民宿》)。故乡在诗人的心中是梦萦魂绕的根。这些诗词既有旧山水田园诗常见的轻快淡雅，也有当代乡村诗追求的清健明亮。借景抒情，情景交融，情到深时自成诗。倾注了作者对故乡浓浓情意的这一首首诗词足以感人心魂，勾动读者的无限乡愁。

当然，古人所云的"文章不厌百回改"，实质上是说诗词作品的完美是一个可以永远追求的过程。和所有有成就的诗人一样，吕新景的诗作在整体上同样也有进一步提高的空间。《负薪集》的付梓，正是作者负薪前行的一个重要节点。我们真诚期望作者一路诗心闪亮、诗情洋溢，为广大读者创作出更多的佳作。

序二

李亮伟

吕新景兄1982年毕业于浙江师范大学中文（汉语言文学）专业。在那个“文学的黄金年代”选择此专业的人，文学热情极高，多有做诗人的情结。虽然当时我国大学的中文专业并不着意培养诗人，课程设置是以知识和理论学习为主，却也为这样一群志趣不泯、情怀高远者，打下了坚实的语言文学基础。毕业之后，他们大都忙于本职工作，极少有时间进行诗歌创作，但是一旦有了时间和机遇，性灵唤起，兴会即临，捉笔倾泻。这得益于其所积淀的语言文学功底，诸如：对前人作品阅读量大，诗经楚辞，唐风宋韵，潜移默化，从而善于熔铸、创新诗境；明了传统意象意蕴，能灵活撷取，传达情意，诗味浓郁；通文史，在需要的时候能恰当化用相关语典事典，含蓄蕴藉；

李亮伟：宁波大学教授、著名词人、诗人

明文体，能据抒情叙事或题材内容之所侧重，择用适宜的诗歌体式；懂得创作方法、写作规律，立意、运思巧妙；熟稔修辞，手法多样，语言感染力强，等等。总之，素养在焉，与“瞎撞者”相比，自不可同日而语。

新景一直从事文化工作，其汉语言文学的功底又在实践中得到进一步巩固、增强。退休之后从心所欲，开始诗歌创作，恰是“老笔闲中拾，新诗偶得篇”（《年夜》）。历数年，集腋成裘，便有了这本《负薪集》。

读《负薪集》，最为亮眼的，首先是那些山水诗。考其成功之因，新景所历山水之美，是一方面，此所谓“江山之助”也；抉发、再现山水之美，是又一方面，此学养之所成也。二者实相辅相成。

新景台州临海人，得山水文化沾溉。台州山水之美，古来共谈。东晋孙绰《游天台山赋并序》有言：“天台山者，盖山岳之神秀者也。涉海则有方丈、蓬莱，登陆则有四明、天台，皆玄圣之所游化，灵仙之所窟宅。夫其峻极之状，嘉祥之美，穷山海之瑰富，尽人神之壮丽矣。”后谢灵运出入台州之境，台州亦为山水诗发源地之一。至唐代，李白等众多诗人接踵而至，歌吟台州山水的唐诗佳作传遍神州，“诗路”文化氤氲。山水与文化双重影响，孕奇毓秀，域内“其民秀而敏，人人殊异”，此旧志所言也。台州人聪敏善学，易于开启诗心诗情，哪怕是遭贬至台州的郑虔、被奉祀于台州的王维神位，都能在此地产生诗教化民的影响（参见拙文《浙江黄岩王维庙考辨》,《浙江学刊》2003 年第 6 期）。晚唐，台州本土诗人项斯已经名振诗坛；其后自宋迄今，台州诗家层出不穷。

诗有清才，山水美的抉发、赏会，尤其需要诗人发清妙之天机。王维正是提出“天机清妙”这一审美命题的山水诗人。王维的山水诗之成就，多得益于此。读新景咏山水的某些佳篇，感觉近王诗风貌。如《扎龙观鹤》:“大江寒泽国，秋瘦野林稀。鹤自晴空下，云从草上飞。”诗人心灵纯白，朗鉴外物，物我无隔，而得天然画意。又如《和白野、乐之万马渡溪上静坐》:“石重泉细吟，榉柳蔚成林。默坐微澜上，溪心是我心。”其澄怀味象，默照冥合，已然获得禅悦。据新景《六十抒怀》“且学王诗佛，家山秋意红”之言，他对王维及其诗歌的接受，是自觉、主动的。而且他还进入终南山辋川，追寻王维踪迹，作有《辋川怀王维》八首等诗，如《攲湖寻波》:“地裂清波覆，浅溪沟石殷。青林同水色，山谷见闲云。”显然他用功颇深，谙熟王维与裴迪的辋川绝句，而仿其形制、法式为之。既学王诗，新景的六言绝句《春后初步灵湖》:“烟柳半湖轻绿，长堤一袭芳华。碧水迴波有岸，好山真个清嘉。”《春行湖畔》:“家住灵湖北岸，水洄碧柳桥东。洗耳听莺春树，问诗山色空蒙。”也与王维六言绝句风味近似。

新景对其所心仪的古代山水诗人，确有踪迹之追寻和作品的涵泳、习得。例如《再访谢公楼》:“两访高斋闭，三人绕北楼。登临非我意，拜谒在心头。俯首诗清发，举杯客更愁。已迷廛市眼，何处识归舟？”谢公楼即谢朓楼，在安徽宣城，新景与志同道合的友人白野、张岳三人慕名来访。诗用“高斋”一语，已表明此楼乃谢公当年“高斋”址上之建筑，新景心存高斋，而今至仰之弥高。“俯首”一语，化用清人王士祯《论诗绝句》称说李白“一生低首谢宣城”；“清发”一语，化用李白《宣州谢朓楼饯别校书叔云》“中间小谢又清发”，表达对谢朓、李白天然清新诗风的崇仰——谢诗“清发”，与李白主张的“清水出芙蓉，天然去雕饰”一致。“客更愁”一语，从谢朓“大江流日夜，客心悲未央”（《暂使下都夜发新林至京邑赠西府同僚》）化出；“识归舟”一语，从谢朓“天际识归舟”（《之宣城郡出新林浦向板桥》）化出。诸语之用，会通、熔铸于一诗之中，水乳无间，足见新景对谢朓及其诗歌之深度把握。又如李白，其在台州的游踪及诗作，新景自是因家乡地利之便而熟知的；与白野、张岳宣城之行，则特意寻至李白名作《敬亭山》之产地，考察环境，体味诗情，得诗云：“众鸟闹林间，闲云去又还。烟霞生碧树，青竹隐光斑。独坐通天际，相看登绝峦。长歌怀太白，直上敬亭山。”兴发感动，有沟通古今之情。

从以上新景对王维、谢朓、李白诸贤的推崇看出，他是多得其惠润的，体现在山水诗风调上，总体上追求自然清新。读新景《石梁桥下独坐》：“幽溪盈绿意，独坐悟玄机。

庙里钟声落，崖边日影微。飞流泉沫白，春树鸟声归。桥下听林籁，月光照石矶。”又《寻天台山九华地藏寺》：“小寺偏幽阒，禅花发几枝？州山相鹤峙，腾岭独灵姿。驻杖逢飞雪，开坛见吼狮。白云常系石，月露满清池。”觉醇古淡泊，静气迎人，清新可喜。

读者阅读诗歌，感受美意，常常从一个用词就能看出作者的学养，收获诗歌的含蕴。这个词有来历，经典，在诗中用得贴切、稳当、灵动，能提升诗的醇化之美，如新景的《芒种》：“天街春色老，檐上白云勤。谁拭蓝天镜，千山正鸟耘。”“鸟耘”，取于舜耕历山，群鸟为之耕耘的传说；又为“千山鸟飞绝”之冬景的对立之语，以写春种，意象鲜活，又颇具内涵，耐人咀嚼。又如新景的《家山感怀》：“常梦白岩溪水清，旧居新舍写离情。小时总觉山村仄，迟暮已无南亩耕。”“南亩”，指田土，因古人田土多向南开辟，以其向阳，有利于庄稼生长，而产生了该词。新景用“南亩”而不用通俗的“田地”，大概在传达曾经历的家园农事情结、美好土地的依恋情结，以及懂得该词所积淀的诗性——该词最早出现在《诗经》中，《豳风·七月》写农事，“同我妇子，馌彼南亩”，《小雅·大田》说“俶载南亩，播厥百谷”。其他如新景的《夜登樵夫阁》之“清流”（双关）、《湘湖遐思》之“霞杯”等，均见其学养。

新景的佳篇，还有结构见章法、用笔见老练，如《步韵李葆国先生〈访石梁镇〉》《过颜子庙》，皆可称道；有文史通达、学识兼备，如《大明宫怀古》四首等，谙“怀古”之体，具一定的思想深度，不赘。

杜甫《奉赠韦左丞丈二十二韵》云：“读书破万卷，下笔如有神。”清人王昶《题沈秀才安成靖琢诗图》说：“学问由来辅性情，不须雕琢费经营。”学养长才情，诗人的学养与诗中体现出的学养，是一致的。

最后需要向读者说明两点。其一，笔者称赞新景诗歌的学养，溯及其专业，但并非认为学中文专业的人才能写好诗歌，不是中文专业的人，就不能写好诗歌。笔者只是表达，他具有系统的语言文学学养，且已体现在诗作中，获得了成功。学养作为一个优秀诗人理应具备的条件，是其持续发展的功底。而语言文学学养的获得途径，非必经过大学的中文专业的学习一条。只要肯研阅积学，谁都可以。其二，本文只言及学养，未具篇幅以言其他。严羽《沧浪诗话·诗辨》说：“夫诗有别材，非关书也；诗有别趣，非关理也。然非多读书，多穷理，则不能极其致。”钱锺书《谈艺录》论“性情与才学”也说：“王济有言：‘文生于情。’然而情非文也。性情可以为诗，而非诗也。诗者，艺也。艺有规则禁忌，故曰‘持’也……有学而不能者矣，未有能而不学者也。大匠之巧，焉能不出于规矩哉。”这些话，都很辩证。作诗是一种综合素质体现，所以笔者强调，优秀的诗人，实具才、情、学、识，兼而有之，互有助益，不可偏执。

此意谨与众雅君子共勉。

壬寅年仲冬之月

于甬上释然居

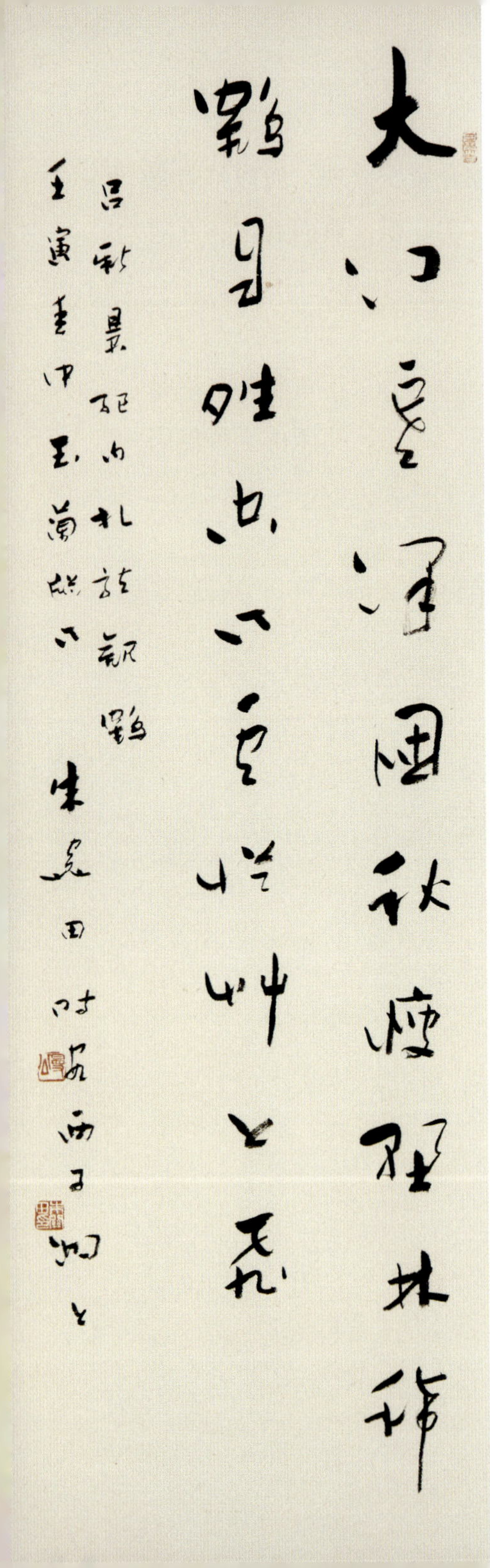

吕新景诗扎龙观鹤　朱关田书

卷一（五言）

扎龙观鹤

2015.11.6

大江寒泽国，秋瘦野林稀。
鹤自晴空下，云从草上飞。

长兴陆羽山庄品茗二题

2016.5.14

一

紫笋添清气，闲情寄古茶。
金沙泉水冽，顾渚夕阳斜。

二

山庄怀陆羽，顾渚贡茶肥。
一盏忘亭水，吴王归不归？

七贤雅酝酒（全仄）

2017.2.20

小序：十七日到南昌。十八日晚同窗相聚，小饮。有竹筒呈于桌上，酒藏于竹筒中。细玩竹筒无缝无口，奇酒如何纳入。有木头小锤敲开竹节，清香扑鼻。品之，味醇，微甘，清冽可口。同桌皆呼好酒。询之，主人曰：此酒为高粱烧，在毛竹初长未成之际，用针筒注入竹腹，每株两节。酒与竹同生共长，六个月后竹成酒熟，伐之可饮。众人大奇。余饮酒亦有年，从无有此口味。戏名之七贤雅酝。噫，彼竹林七贤有此口福欤？记之。

白堕种竹腹，六月酒乃熟。

一剖馥满屋，酬酢夜复夙。

赤城晓思

2019.3.31

晚宿赤城下，飞天揽彩霞。

月神无眷顾，清梦落谁家？

访万年寺闻荣西求法天台山

2019.4.1

古寺隐清嘉，禅源日正斜。

平田闻偈语①，客路已还家。

注：①传荣西至寺前平田问路，农妇不答，鞭牛一下，斥曰："畜牲，连家都不识了。"荣西顿悟。

和白野、乐之万马渡溪上静坐

2019.4.1

石重泉细吟，榉柳蔚成林。

默坐微澜上，溪心是我心。

芒 种

2021.6.5

天街春色老，檐上白云勤。

谁拭蓝天镜，千山正鸟耘。

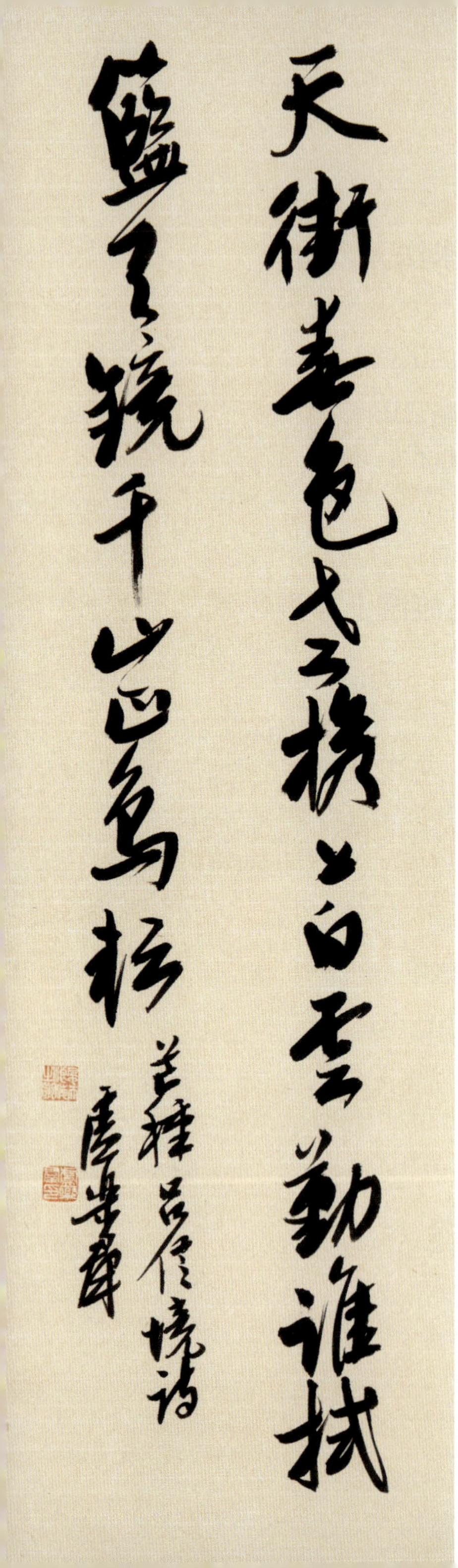

吕新景诗芒种　卢乐群书

云起街独啜

2021.6.6

窗外影离离，几头独啜时。
喧喧尘世远，恰恰自心怡。

辋川怀王维（八首）

2022.8

一　孟城坳寻踪

不见孟城坳，犹余官上村。
山山芳径没，天地记痕痕。

二　宫槐陌寻迹

昔日村前陌，遮阴有绿槐。
云光衔远翠，野径采春苔。

三　欹湖寻波

地裂清波覆，浅溪沟石股。
青林同水色，山谷见闲云。

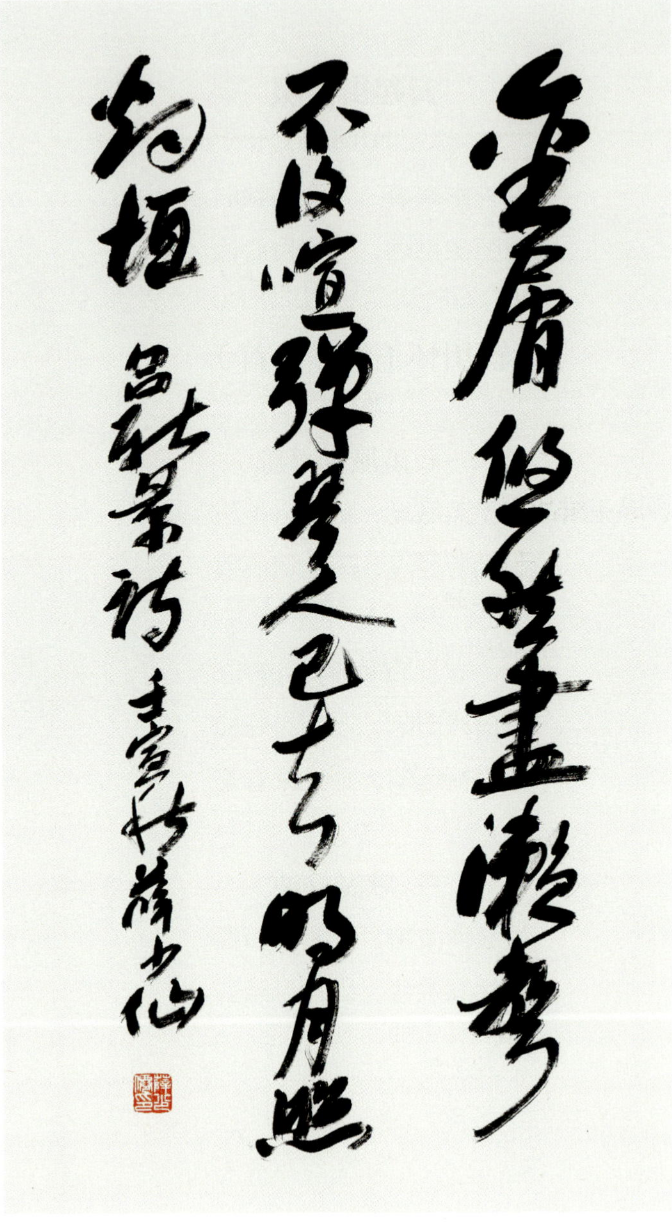

吕新景诗南北垞寻景　薛少仙书

四 南北垞寻景

金屑悠然尽，濑声不复喧。
弹琴人已去，明月照烟垣。

五 文杏馆寻王维手植杏

三番寻古杏，曾与右丞亲。
深涧元无水，蟠蟠远岫嶙。

六 寻王维故居不得入却见王维山庄辋川山居农家乐

千涧流如辐，辋川车错毂。
右丞如有知，邀我农家宿。

七 辋川山居小歇

苍翠转无尘，幽居崖下宅。
遥看独怅然，谁为青山客。

八 叹辋川

辋川山水清，蓝关横百嶂。
何处识余踪，惟见青林上。

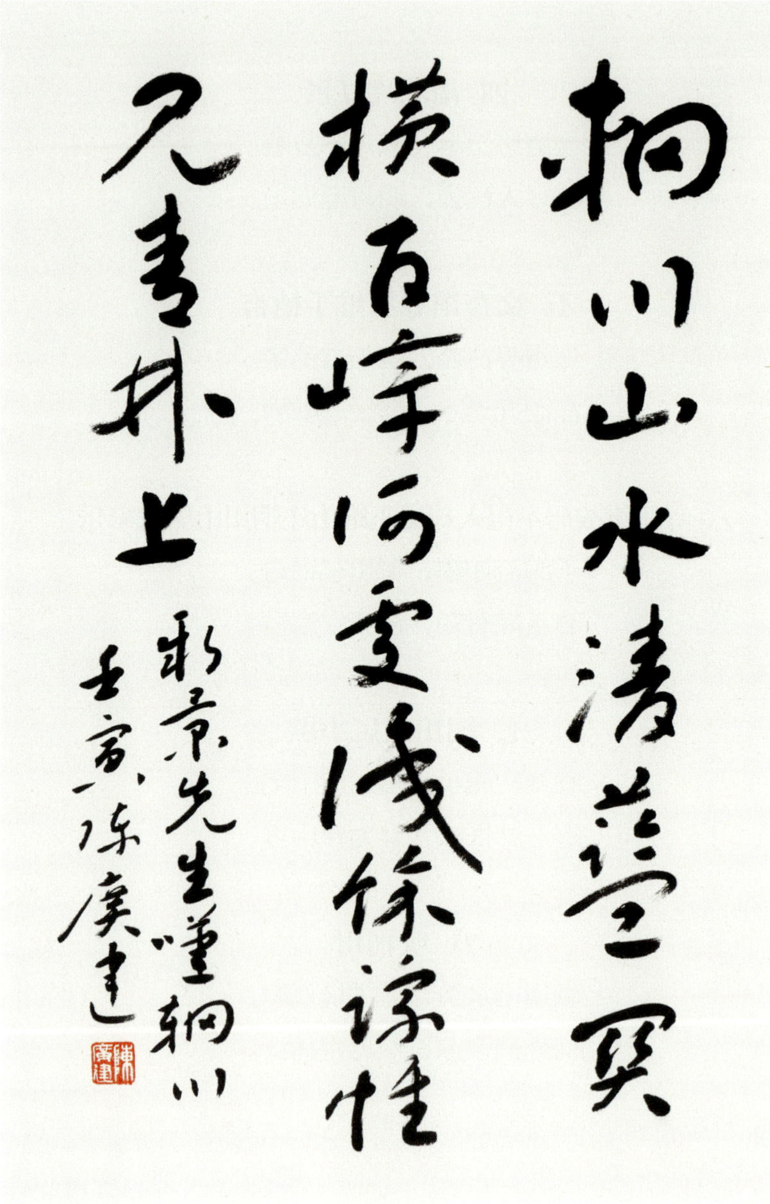

吕新景诗叹辋川　陈广建书

次曹君辛华吟长临海行韵

2022.7.4

一登能顾景，炽日笑青眸。
谁在白云上，勾青试雪瓯。

秋分日与大学同学七人游石梁有作（二首）

2022.9.23

一

几人分秋色，雁字寄云霄。
两股清清水，潺潺下石桥。

二

涧深苍翠重，落叶转清流。
疏影凉山月，秋色满碧瓯。

乌镇街上晚眺

2016.5.5

一水共乌青，百桥波上横。
门前依雨读，屋后望晴耕。
摇橹桨声滑，枕流户牖明。
西栅如画里，古镇复年轻。

仙居乡村印象

2016.5.7

南峰如画里，两水合安洲。
古道云中入，苍山海上浮。
青罗围碧玉，粉黛映金秋。
徐步清溪岸，秋红落小舟。

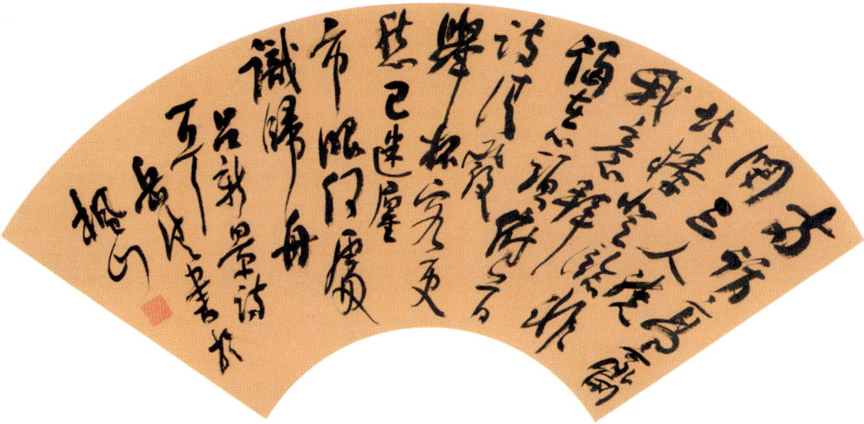

吕新景诗再访谢公楼　金岳清书

再访谢公楼

2016.5.15

小序：昨与白野、张岳从顾渚来，欲访谢公楼，不入。见门口告示：周一闭馆。今晨重返，门仍闭，心不甘。绕楼三匝，见旁有文物局，遂入，寻一主事者申述仰慕之情，竟破例唤回管理人员，专为我三人开启大门，得谒楼如愿。

两访高斋闭，三人绕北楼。
登临非我意，拜谒在心头。
俯首诗清发，浮杯客更愁。
已迷廛市眼，何处识归舟？

与白野、张岳同登敬亭山

2016.5.15

众鸟闹林间，闲云去又还。
烟霞生碧树，青竹隐光斑。
独坐通天际，相看登绝峦。
长歌怀太白，直上敬亭山。

为蒋风老师九十寿而作

2016.5.15

寿杖在南宫，栽桃亦种松。
无蹊先独步，筚路首肤功。
春雨滋珠泽，文华出彩虹。
煌煌明晚照，婺水一恩公。

六十抒怀

2016.8.30

回看消炙热，无事咏凉风。
小院丝瓜熟，玉壶香茗浓。
天高云自白，心淡气如虹。
且学王诗佛，家山秋意红。

石梁桥下独坐

2017.3.30

幽溪盈绿意， 独坐悟玄机。
庙里钟声落， 崖边日影微。
飞流泉沫白， 春树鸟声归。
桥下听林籁， 月光照石矶。

吕新景石梁桥下独坐诗意　王培昆画

重阳遥想

2018.8.17

古村清寂寂，断壁照残阳。
邻里二三户，空巢八九堂。
千山黄草木，一叶动秋凉。
重植篱边菊，何时举酒觞？

黄礁岛

2018.8.29

小序：昨日余与友人为寻一电影拍摄地，至黄礁岛。岛已荒，余十余户，犹见几老者。登顶俯瞰，东海渺渺，岛礁隐约。波涛之上，黄礁涂三坝雄峙。可见当年大石化项目之雄心。惜哉，终归土灰。以诗记之：

未上黄礁岛，黄礁碧玉花。
村闲惟老树，云淡出清嘉。
几许桑田梦，漫天东海霞。
渔樵晨暮里，谈笑在天涯。

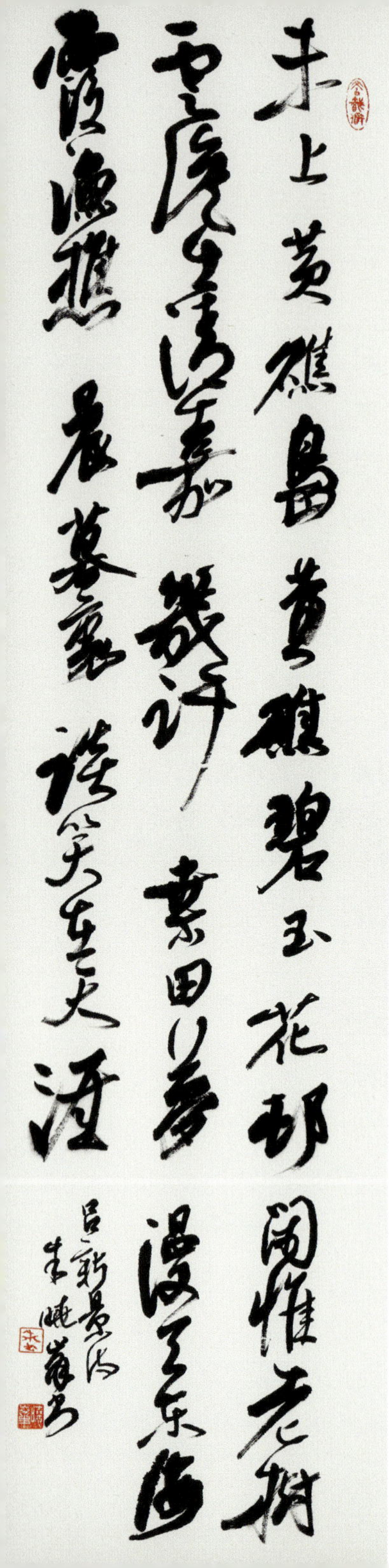

吕新景诗黄礁岛　朱晓峰书

天姥山观日出

2018.11.1

旭日跃青云，台山出九津。
紫烟飞万壑，曙色映金鳞。
寒气侵茫野，秋霜拂晓晨。
谁临天姥上，感念谪仙人。

冬至日仙居横街村台州诗联第二次诗词讲坛讲课

2018.12.22

叶落千山瘦，阳从冬至长。
田园兼味熟，农舍酒豚香。
白发论诗韵，唐音逐画梁。
何时兰气起，送我上韦羌。

年 夜

2018.12.30

年底惧添岁，岁头贺好年。
苍台齐瑞雪，江海共风烟。
老笔闲中拾，新诗偶得篇。
寒冬尚有日，梅报百花前。

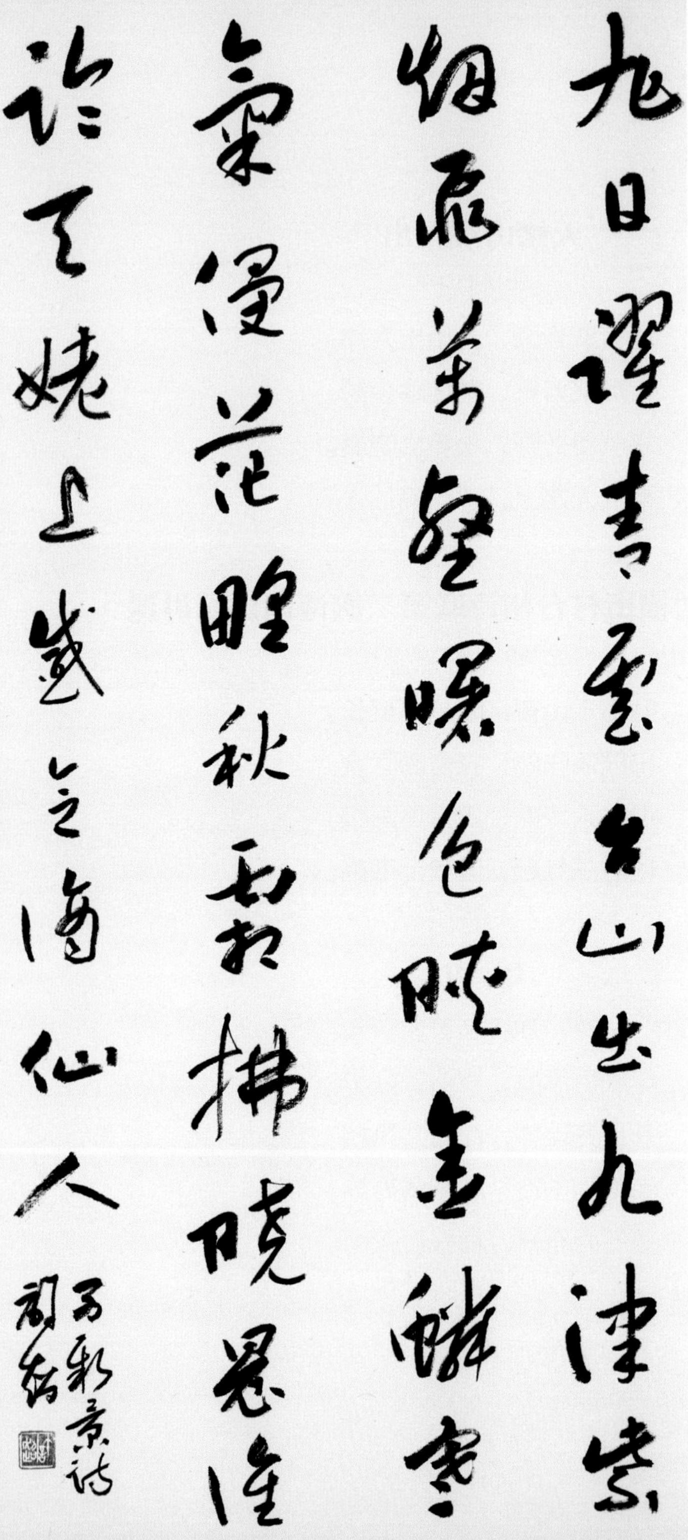

吕新景诗天姥山观日出　许超书

寻天台山九华地藏寺

2019.4.1

小序：从万马渡返，和白野、瑞斌乘兴寻地藏寺。地藏寺位于天台与新昌界山，万年山顶狮子山下。传为九华山释空大师所建。途见唐诗古道和西程村观景台。

小寺偏幽阒，禅花发几枝？
州山相鹤峙，腾岭独灵姿。
驻杖逢飞雪，开坛见吼狮。
白云常系石，月露满清池。

登西程村观景台

2019.4.1

问道千峰上，飞身万绿中。
春光催雅兴，芳草起诗风。
天姥连云际，台山入昊空。
随心寻胜迹，遥指有村翁。

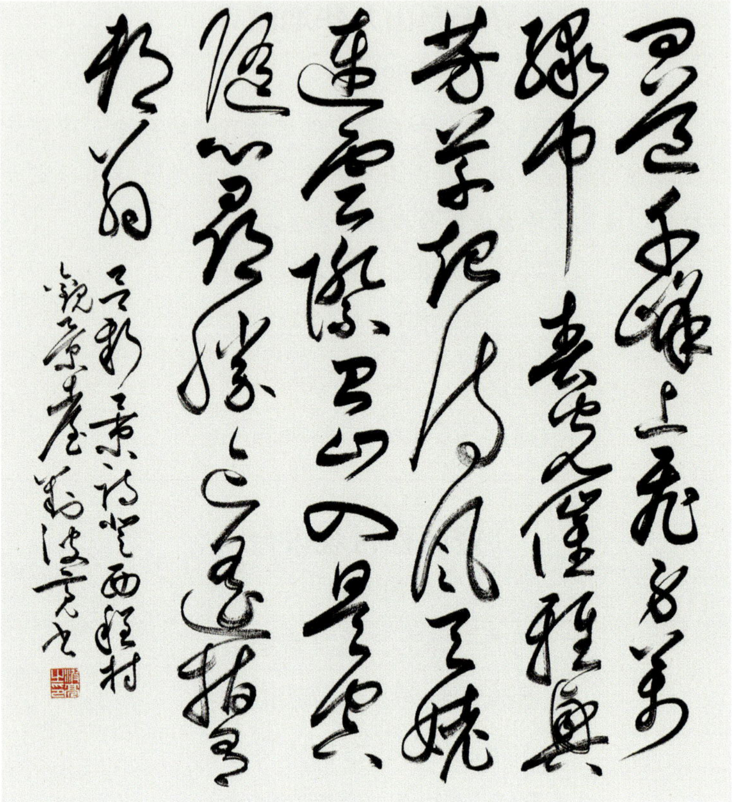

吕新景诗登西程村观景台　刘波亮书

石塘玖曲山居冬夜观海上月，兼送海波、金城诸友回京

2019.11.16

苍茫云海月，万里共波澜。
光浴渔村白，气侵石屋寒。
秋年曼赏菊，冬夜莫凭栏。
又送高朋去，山居胜帝銮。

注:与海波、金城诸友三到石塘，为电影《水鬼》筹拍，住玖曲山庄。

悼卢秀灿老会长

2020.2.8（元宵）

新正多风雨，元宵竟别亲。
开轩咽涕泪，闭户祭传薪。
巾子风骚客，台山老报人。
当年吟帜下，已见满园春。

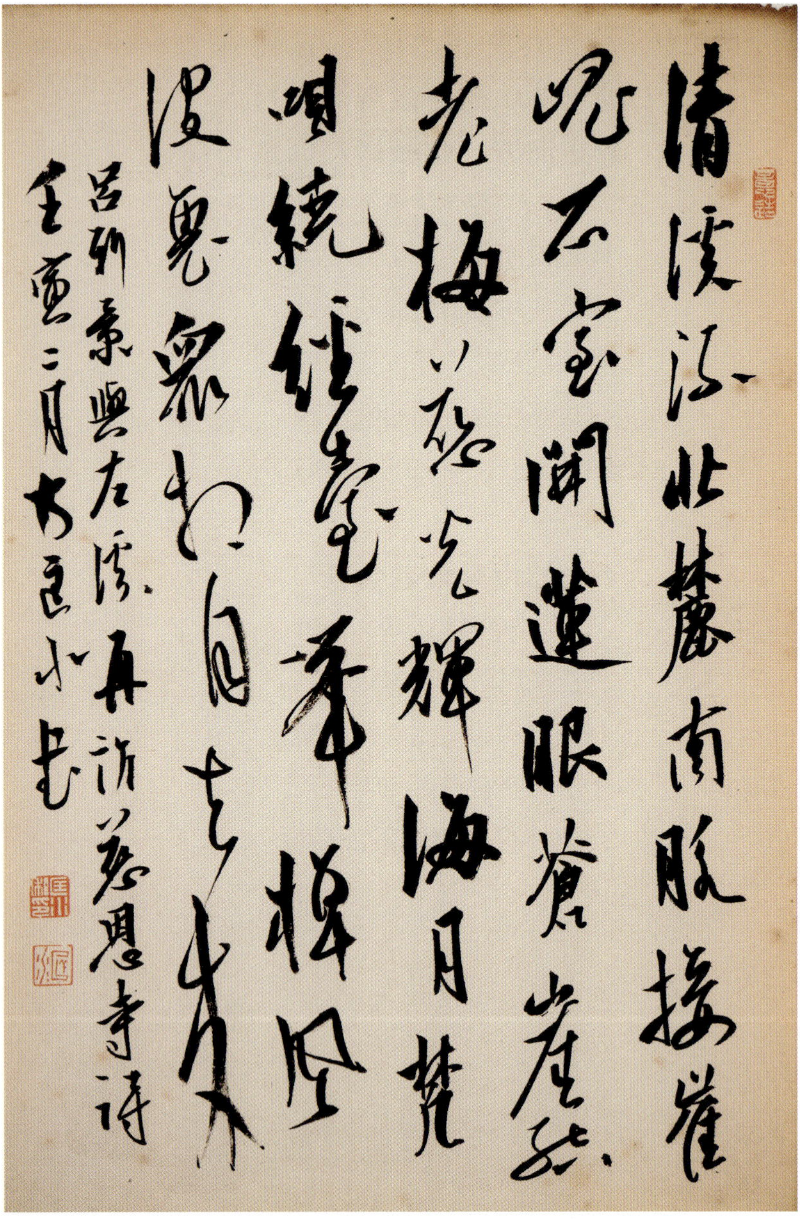

吕新景诗与左溪再访慈恩寺　方匡水书

大寺基晚照

2020.4.10 于大寺基东亚山庄

松风吹晚照，暝色拂青绦。
山径通幽处，仙庄映彩皋。
长愁连旷宇，骋目越云涛。
绝顶霞光里，心潮逐浪高。

大暑陪传媒友人访天台山石梁

2020.7.22

燠暑地如烟，入山欲问泉。
鸣蝉犹未唱，倦鸟正休眠。
望瀑飞寒玉，数珠读碧渊。
小诗长不作，心淡是流年。

与左溪再访慈恩寺

2020.8.11

清溪流北麓，南脉接崔嵬。
石室开莲眼，苍崖结老梅。
慈光辉海月，梵呗绕经台。
举棹风波里，众相自去来。

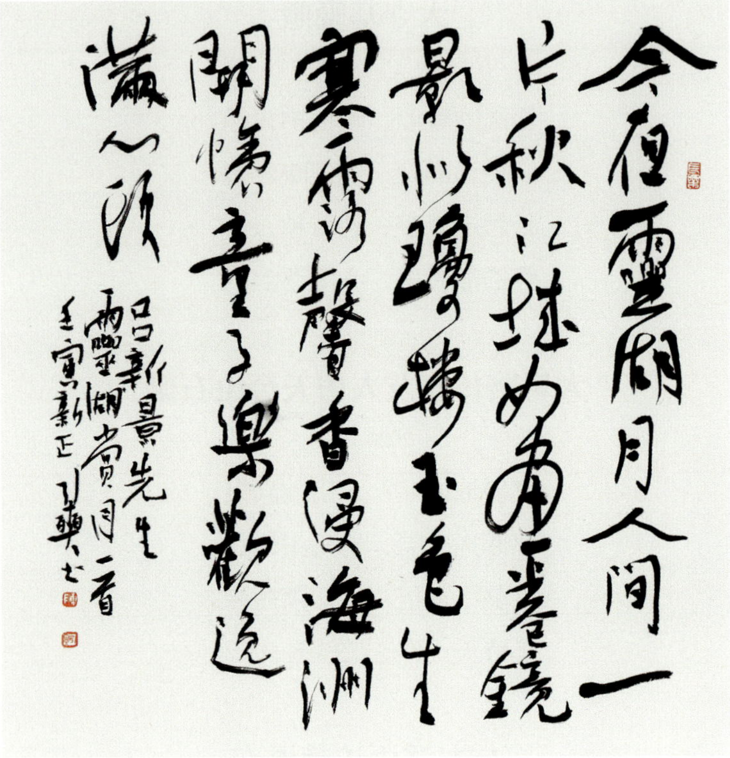

吕新景诗灵湖赏月　陈引奭书

寒 露

2020.9.8

南国素风晚，当知菊未黄。
轻寒添落叶，早桂挂余香。
晓露滢珠白，晴空雁字长。
神州秋景好，节后又重阳。

庚子中秋与夫人携孙子灵湖赏月

2020.10.2

今夜灵湖月，人间一片秋。
江城如画卷，镜影似琼楼。
玉色生寒露，馨香侵海州。
开怀童子乐，欢逸满心头。

步韵李葆国先生《访石梁镇》

2020.11.30

台山常见画，绁马步云霄。
求道何辞远，寻幽不问峣。
瀑横仙愁渡，寺静鸟欢嚣。
诗路重开日，魁星在石桥。

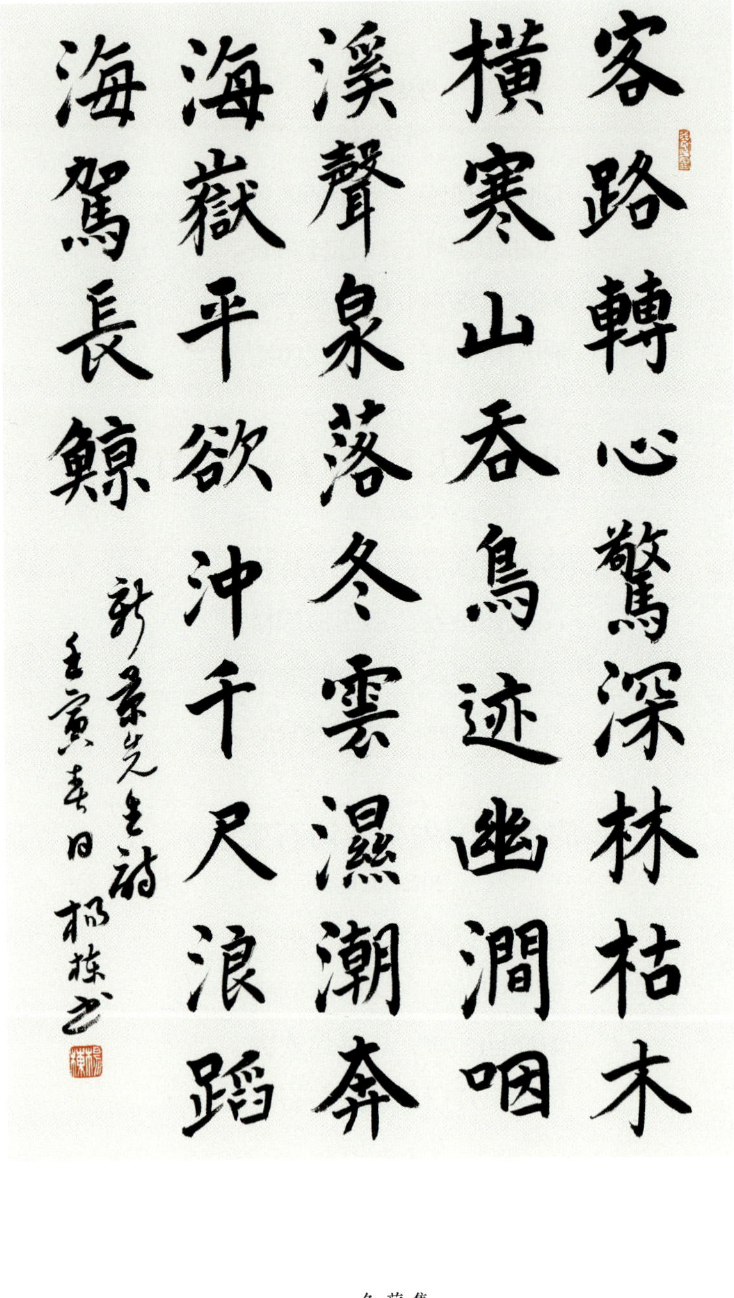

吕新景诗六十抒怀　杨栋书

观钱江源

2020.12.24

客路转心惊，深林枯木横。
寒山吞鸟迹，幽涧咽溪声。
泉落冬云湿，潮奔海岳平。
欲冲千尺浪，蹈海驾长鲸。

过颜子庙

2021.3.9 于曲阜

今来朝复圣，何处见颜瓢。
井古泉无竭，亭虚草已萧。
高碑空漫灭，老柏半残凋。
陋巷邻并少，孔门惟德韶。

夜行大明湖

2021.3.11 于济南大明湖

浙商重意气，来观鹊华河。
趵突声名远，泉城好客多。
春风三尺柳，夏雨半湖荷。
历下亭如画，超然楼郁峨。
少陵纵有意，北海①识瑶珂。
泺邑乡邦地②，几回梦茑萝。

注：①李邕。

②余远祖吕颐浩，济南人。

植树节

2021.3.11 于济南

春风三尺柳，台岳一山香。
种树须优仔，生儿要好娘。
挥锄毋作秀，做梦莫黄粱。
待到成林日，人间绿意长。

送画家王培昆之天台

2021.4.10

台山春日好，青翠沁脾香。
挥笔写松壑，把茶话宋唐。
已离尘世远，又见惠风长。
晨鸟常鸣树，叩窗问绸裳。

石塘·休渔前夜

2021.4.30

海天同一色，渔港半分明。
潮落滩涂合，桅斜细浪轻。
百绳桩上系，千舸岸边横。
谁念霞光里，凌波鱼不惊。

步韵王骏会长贺台州市诗词楹联学会第四次代表大会召开

2021.6.2

群贤翩毕至，有凤唱吟来。
风雅垂河汉，比兴争磊嵬。
帆随东海远，潮起月神催。
古国重霞焕，诗心向日开。

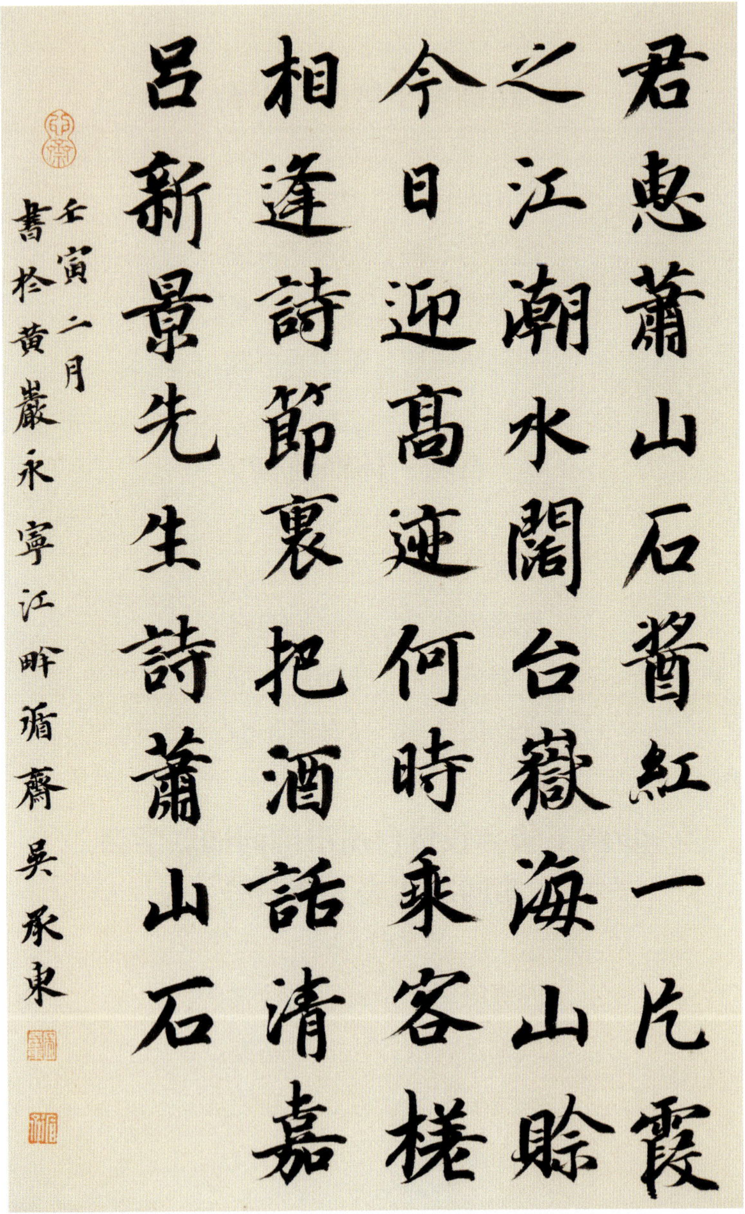

吕新景诗萧山诗友朱超范吟长来访并以萧山石为赠有吟　吴承东书

萧山诗友朱超范吟长来访并以萧山石为赠有吟

2021.6.13

君惠萧山石，酱红一片霞。
之江潮水阔，台岳海山赊。
今日迎高迹，何时乘客槎。
相逢诗节里，把酒话清嘉。

括苍山（二首）

2021.9.1

一

且忆登苍顶，曾摩南柱巅。
虬盘生海岬，青翠接长天。
举步云团簇，俯身风语绵。
九台秋色里，归梦已如烟。

二

长忆苍山顶，冬云无尽时。

吕新景括苍山诗意　高景画

雪封黄麃路，鹰折北风陂。
屋陋衣冰卧，米余盐水炊①。
银屏年夜里，谁念曙光碑？

注：① 2008 年冬，大雪封山，台州广电总台转播台值班人员断电断水断供，唯靠酱油和饭坚守。

辛丑中秋·八月十六赏月

2021.9.22

秋风生桂树，海月出寒芒。
城古探花晚，江灵拜月长。
腹中无丽句，壶里有茶香。
如许清凉夜，谁家菊正黄。

湘湖遐思

2021.10.20

秋湖香气溢，桂菊竞相开。
渔浦涛声动，西陵帆影催。
月笼浣纱女，潮打越王台。
相约泛舟去，江上举霞杯。

参加省诗词楹联学会临海羊岩山创作基地揭牌仪式并观书画笔会

2021.12.10

仙羊犹静卧，冬日暖阳明。
笔落寒山动，诗成茶祖惊。
勾青清谷绿，岩顶省城名。
茶韵加诗韵，双峰竖旆旌。

冬至次日晨有作

2021.12.22

闻罢擂圆香，光阴昨夜长。
清蔬过晚岁，甜食忌枯肠。
应适穷劳事，莫疑白玉觞。
可怜时日好，安步踱康庄。

注：台州习俗，于冬至日吃汤圆或擂圆。

天台抗疫有寄

2022.5.4

风云多变幻，疫毒又狰狞。
海上生奇事，台山陈甲兵。
共存先莫辨，生命最关情。
且待杜鹃艳，明朝疠气清。

壬寅端午感怀

2022.6.3

菖艾挂门庭，谁怀人独醒。
上官时不息，汨水总难宁。
花朵魔施毒，核酸鬼发硎。
煌煌昊日下，读读死魂灵。

2022 浙东唐诗之路文化旅游消费季采风

2022.7.5

焰起焦林草，相迎蝉嗓哑。
淡云抚长剑，绿水绕青崖。
如意横天阙，瑶莲映落霞。
韦羌吟客聚，佳什胜繁花。

壬寅中秋前夜与中秋、崇增、陈楚诸兄登白云阁赏月（二首）

2022.9.9

一

为看波上月，诸老学狂生。
玉兔飞云阁，故人动别情。
初寒过大野，萧瑟听秋声。
谁解登临意，清辉满海城。

二

今夜楼台会，霞杯邀素娥。
团团飞玉镜，耿耿灿星河。

天上持盈少，人间守缺多。
莫看衰鬓雪，还欲渡洪波。

与众同学共登万佛塔有寄金中梁兄

2022.10.23

佛塔高千尺，襟怀寄彩霓。
凌云看八婺，秋影落双溪。
烟水重苍翠，霜华满广畦。
无愁轻舴艋，郡佐有醍齐。

鹿女湖

2022.10.24

秋色接天湖，湖光亲鹿女。
相依看海花，守望听山语。
婺女贡仙茶，星郎迎客旅。
故村田舍新，可作氧吧与。

依白野《路桥春泽村印象》韵，题诗韵路桥

2022.11.23

今日飞龙会，初冬气象新。
湖山看褰树，幽谷说陶巾。
有寄心常乐，无求身自春。
三年相见少，都作洞中人。

防疫迎新

2022.12.18

新年余数日，客路几忙人。
寥落忧三岁，飘摇贫一身。
清明除大疫，新正接交春。
瑟瑟风声里，冬阳犹可亲。

防疫迎新，分韵得“除”字

2022.12.20

丝竹何时起，梅花待岁除。
新冠添白发，世事胜天书。
海岳无平路，江山有野庐。
流杯当唤友，且等就春蔬。

祝贺省诗联学会八代会召开，分韵得“热”字

2022.12.24

高咏动西湖，新词迎瑞雪。
泰然无问阳，若素焉知谲。
影正蜮含沙，月清尘掩玦。
之江吟帜招，衰鬓心犹热。

卷二（六言）

春后初步灵湖

2020.3.10

烟柳半湖轻绿，长堤一袭芳华。
碧水迴波有岸，好山真个清嘉。

春行湖畔

2020.3.11

家住灵湖北岸，水洄碧柳桥东。
洗耳听莺春树，问诗山色空蒙。

和合公园即景

2022.10.19

闲林草径芦丛，白鹭游凫卧鸿。
波幻波真虚像，秋潭秋影秋风。

孔垢寻一心斋（三首选二）

2022.10.14

一

老树清溪旧屋，鸡声稻语山光。
山村人迹稀见，银杏枝头未黄。

二

门对群峰如玉，道连海角天涯。
村烟堪比云白，岭人医人几家？

闲 居

2022.12.24

窗外冬阳暖暖，山峦落叶萧萧。
有闲读读诸子，无事看看碧霄。

卷三（七言）

残荷四首（选一）

2017.9

清影已成枯瘦身，寒塘残照旧星辰。

宁将玉洁抛冰水，留得芳心不染尘。

司马悔桥

2018.10.30

行至此桥终有悔，清溪玉液到尘埃。

长安暝色应无份，夜月琼台入梦来。

注：司马悔桥位于惆怅溪上，传司马承祯奉唐皇诏去长安，行至此桥，留恋天台琼台，心生悔意，遂成此景。

惆怅溪（二首）

2018.10.31

一

殷勤相送出天台，斑竹村前嘱早回。

溪水淙淙幽窅去，洞门惟向有缘开。

二

遥望桃源隔野烟，泉声轻诉独怅然。

枝头余韵今犹在，已去洞天千百年。

注：传说刘阮遇仙而返乡，再回天台山寻仙，已不得而入，到此惆怅满怀，故名惆怅溪。

过浙东唐诗之路天台大竹园村（二首）

2018.11.1

一

路复水穷到碧湾，洞幽花落白云闲。

古来行旅皆如此，心在青天人在山。

吕新景过浙东唐诗之路天台大竹园村诗意　张远谋画

二

脉脉青罗抚管弦，流泉滩下奏幽咽。

白云尽日偎矶畔，为听溪声碧玉边。

注：大竹园是新昌从水路入天台山的第一村。

铗剑泉

2018.11.2

小序：石梁瀑布右上方约300米处，有一瀑名铗剑泉，隐于石壁。余从1982年秋初登石梁，至今有上百次之多，竟无过此泉。何故？惟石梁盛名之所掩。景亦如此，何况人世乎？

谁遗长铗照峰明？切莫近前寒气盈。

凛凛秋风吹玉笛，细聆原是匣龙鸣。

与培昆、左溪再访唐诗之路大竹园村

2019.1.22

峰前碧玉落寒池，新酒温成香满卮。

莫道诗踪难再续，青山明月总相知。

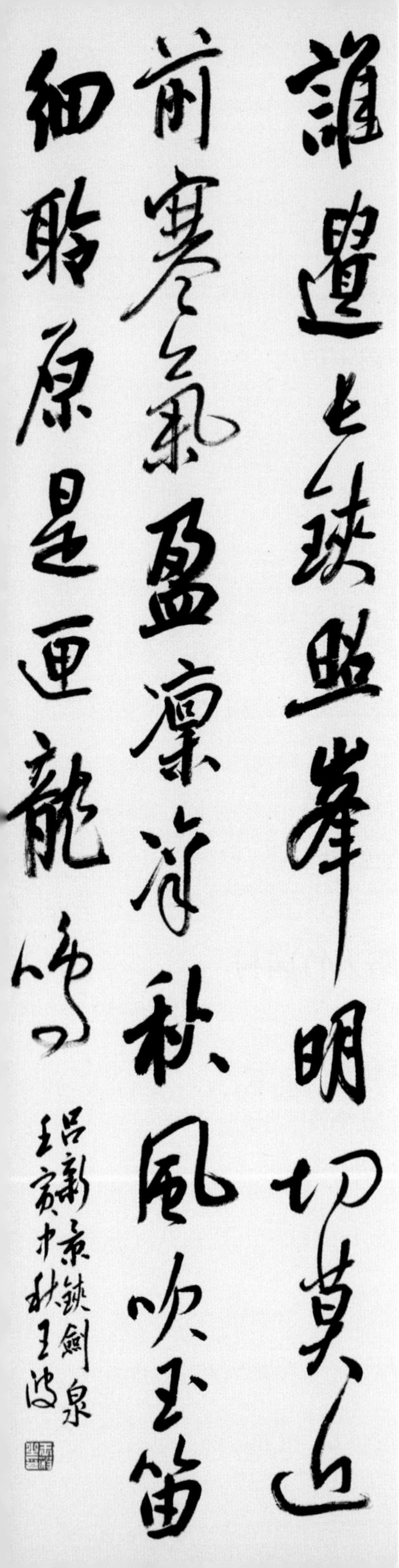

吕新景诗铗剑泉　王波书

寻铜壶滴漏不遇却见水珠帘

2019.1.22

小序：铜壶滴漏有两个，平常所见皆小铜壶，大铜壶滴漏藏在深山，寻常不得见。从大竹园归，拐入一隧道，路面未修整，平常少人行。到路尽头，停车下山，远听涧底有水声。穿过竹林，见水流、山涧。过涧忽见竹林后有瀑布。左溪说这是水珠帘。铜壶滴漏还在水珠帘上，不知路有几许，天色已晚，只得作罢。

欲觅铜壶山缈缈，竹林穷处见珠帘。
天台四万八千丈，多少瑶池落翠崦。

记万年寺古杉

2019.4.1

伫立山门不计年，春光老去槁枝鬈。
兴衰本是寻常事，梵磬融和已化禅。

和白野、乐之游万马渡

2019.4.1

洗净征尘放北山，长风万里落霞闲。
牧歌一曲清溪水，相伴泉声亘古娴。

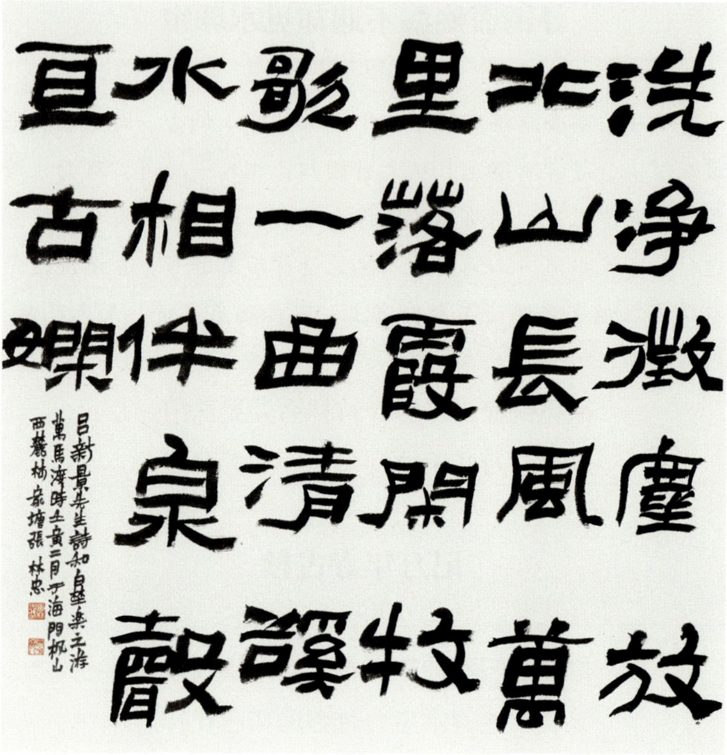

吕新景诗和白野、乐之游万马渡　张林忠书

登唐诗古道西程村

2019.4.27

才入云山寻墨客，又从诗路问花神。

眼前丘壑三千尺，胸次毫无一点尘。

澄江橘园赏花

2019.4.27

四月春风探雪海，阴阴嘉木正飏菁。

何时可赏秋江月？一树枝头一梦萦。

贺王培昆兄人物画展

2019.5.2 上午

小序：五月二日，春和景明，云天碧水，高贤齐集，王培昆心意形人物画展在灵湖书画院16号楼开幕。培昆乃吾友，天津人氏，居北京，现客寓台州五年。专攻人物，源于传统，自成风貌，个性张扬。人物画，写形易，写心难。画美易，画意难。培昆以人生经历、经验观照于心，然后返照于形，于是形成自家风貌，实为可贵。有诗记之。

小荷初碧水粼粼，谁写浮生入画新。

惟有人心最难绘，只今圣手在湖津。

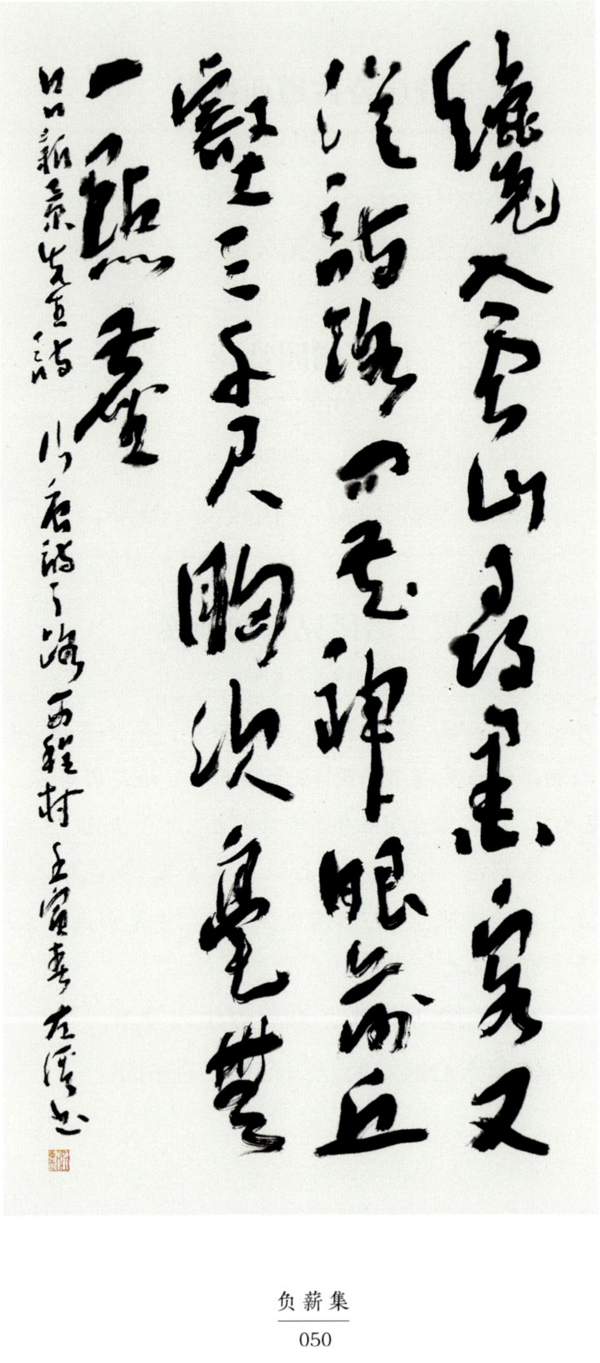

吕新景诗行唐诗古道西程村　左溪书

中南半岛行旅六记

小序：5月9日至5月19日，吾与一众友人8人赴越南、泰国、老挝、柬埔寨一游。此行为看中南半岛的历史与文化。

一 游胡志明市总统府观雨

古木荫荫风雨频，南宫青史入浮尘。
波浮半岛千秋月，风接汉家万里春。

二 泰国·大城记游

十万浮屠竞奢华，何时一炬没黄沙。
头颅犹在抱根笑①，长向残阳唱暮鸦。

注：①一颗微笑的佛像头颅嵌在树根中。

三 柬埔寨·吴哥城

谁能微笑止干戈？却见荒城没绿波。
信佛信神难逆料，只留残塔自嵯峨。

四 观象台①

踏破东南海也惊，象蹄更胜虎狼兵。
阅台三百今犹在，遥听小儿迎客声。

注：①检阅象兵的高台。

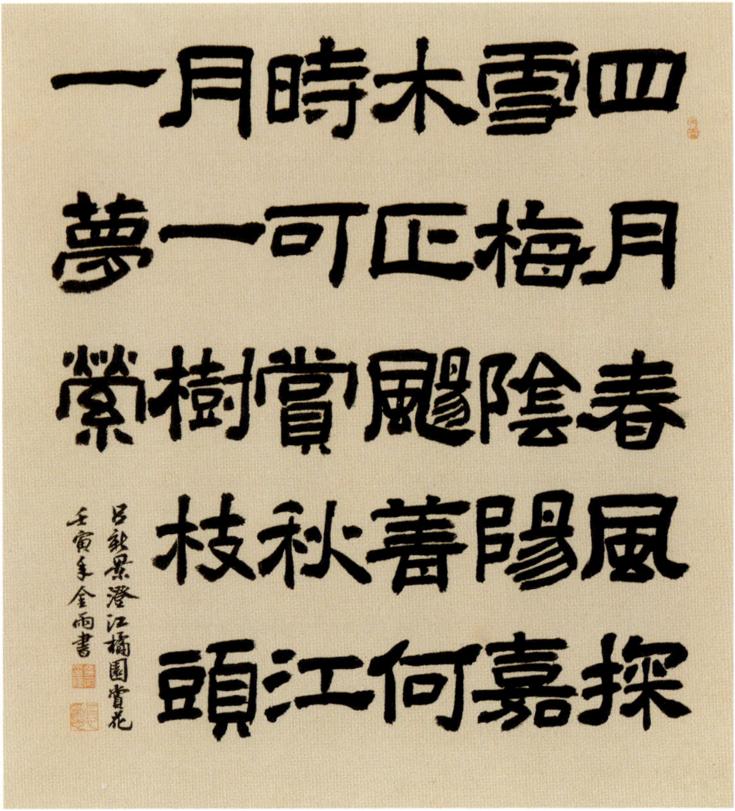

吕新景诗澄江橘园赏花　金雨书

五 塔普伦寺

骑墙破壁漫逞强，塔树相缠幽梦长。
委地无情归造化，一声叹息入离肠。

六 吴哥窟

五塔高耸入梵天，须弥山上自巍然。
人间多少风光事，化作尘埃入大千。

过徐州

2019.6.19 高铁上

分明黄绿过徐州，何处沧桑识古丘。
对阵两军生死里，粟郎一剑便封喉。

路上即兴

2019.9.21

谁持彩笔写天空，雨后风前各不同。
雨歇霞光染山色，风来秋意入楼中。

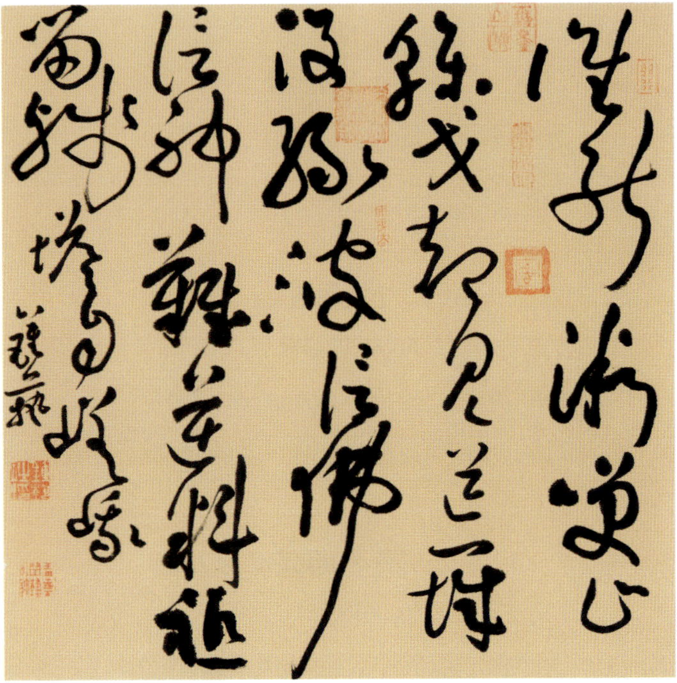

吕新景诗中南半岛行旅　钟艺书

画 饼

2019.10.3

小序：应左溪相邀，首次造访天台慈恩寺，同行有画家王培昆。智渡住持待之以素斋。席间有玉米煎饼，极薄，犹如宣纸。余戏谑：可画画写字否？众人皆曰可。智渡禅师即命人取来笔墨。余曰用酱画，可吃。于是，培昆画山，智渡写兰，左溪写画饼。众人皆乐，抚掌大笑。

遍尝馔玉无余味，方觉笔头分外肥。

莫听魏王旧时语，何言画饼不充饥？

房山云居寺外

2019.10.8（寒露）

残阳一抹染峰头，冷月高天碧满沟。

若是人间全季绿，太行山下也无秋。

注：第七届亚洲微电影节作品评奖会在北京房山一培训基地举行，基地在太行山麓。

第七届亚洲微电影节评奖结束与诸友话别

2019.10.10

飒飒金风步意踌，云居寺外客盈楼。

相逢又别无相赠，摘取山前一叶秋。

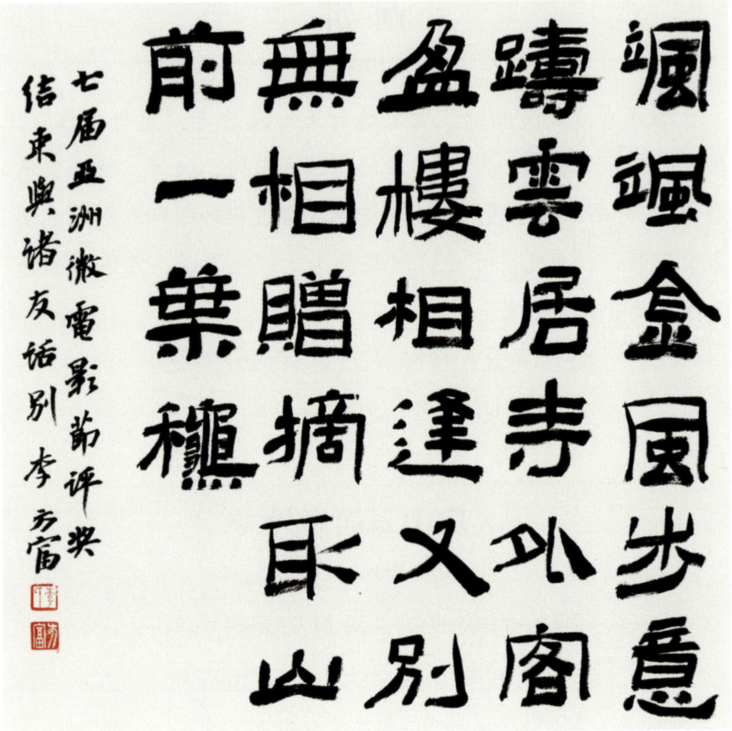

吕新景诗第七届亚洲微电影节评奖结束与诸友话别　李方富书

北京蒙古北大营有吟

2019.10.11

小序：微电影评奖罢，经京返程，赵智兄相邀，于蒙古包相聚小酌，华发半堂，豪情满腔。斯琴高娃纵情放歌，躬逢盛世，不知老冉冉其将至矣。

频频交错不知秋，华发依然百啭喉。
莫唱重阳悲晚曲，黄花一片在冰瓯。

和白野《浙东唐诗之路暨台教正宗和合文化论坛在三门多宝讲寺召开》韵

2019.10.19

来拜文宗[1]逸兴多，溪光秋色两相和。
窜身海角嫌违俗，共谱台州万古歌。

注：①指唐代郑虔，贬台州司户参军，为台州文教之宗。

过三门多宝讲寺

2019.10.19

抬眼秋峦隔市廛，回头宝刹隐天然。
人生世事皆如此，一步红尘一步禅。

坞根红十三军烈士陵园祭

2019.10.26

青峦相伴作崔嵬，笑看菊花岁岁开。

秋色已如君所愿，吟尝橘柚品香醅。

观芒团[1]纸村手工造纸

2019.10.30

芒团有技惊天下，纸圣[2]何时到九陲？

不独汉家风韵远，还看傣族慧心奇。

注：①芒团村在云南临沧市，村民善制作白棉纸。此纸纯手工打造，为国家非物质文化遗产。原料是构树皮，不加添加剂，纸纯白。

②纸圣：蔡伦。

栖衡石舍

2019.11.2 石塘栖衡石舍

坐听吟风和海风，暮秋波色接苍穹。

渔村斜照陈年色，石韵悠悠诗韵隆。

注：台州第四次诗词论坛在此举行

涌泉外岙延恩寺下赏橘

2019.11.11

又是秋黄蟹熟时，漫山金色最相思。

春风常忆梢头雪，冬韵曼尝橘带皮[1]。

注：①涌泉有橘，可带皮吃。

己亥除夕有作三首（选一）

2020.1.24

小序：除夕夜，正是团圆之时，因新冠疫情突发，午后有司致电询问有无楚客。人心惶恐，心有戚戚，欢乐之氛围已无，记下此情此景。

不去华筵不见邻，可怜全作洞中人。

点开微信罗圈揖，明日暾红还是春。

次韵友人正月初二冒雨登山有作

2020.1.26

红梅细雨蝶难寻，客路空空寒气深。

六十余年唯此夕，新冠起处验民心。

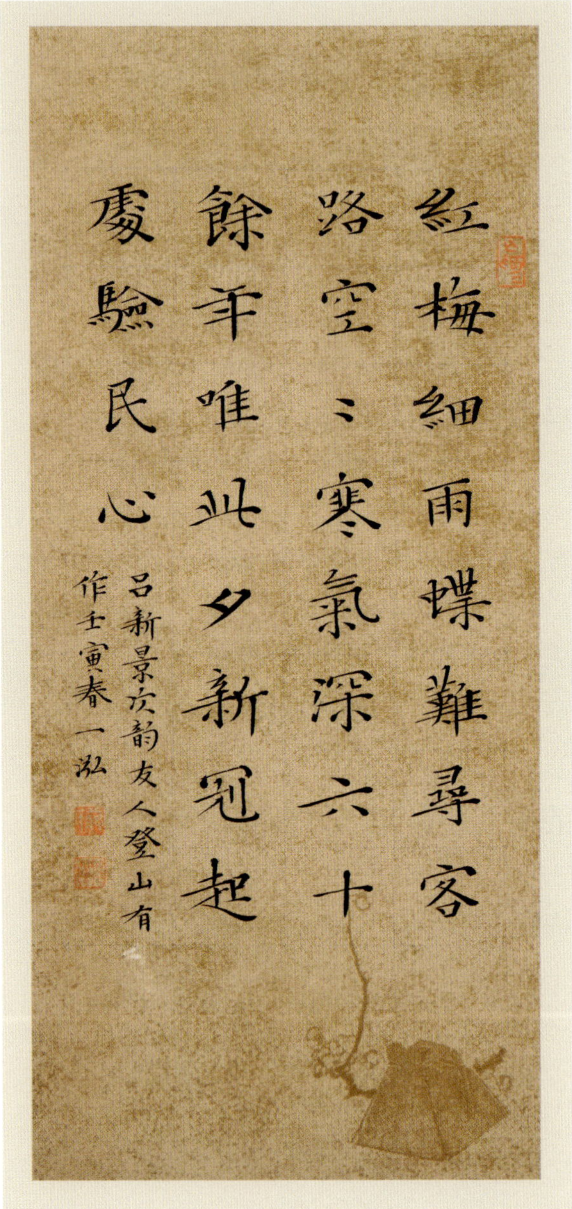

吕新景诗次韵友人正月初二冒雨登山有作　蒋挺辉书

庚子人日西山道中口占

2020.1.31（庚子初七上午）

瘟神无日不猖狂，黄鹤楼边愁断肠。
多少逆行无畏客，迎风斗疫正鹰扬。

武汉开城日

2020.4.8

白云黄鹤绕楼飞，江汉钟声上翠微。
七十多天愁与苦，开门已见早樱肥。

家山感怀

2020.7.28

常梦白岩溪水清，旧居新舍写离情。
小时总觉山村仄，迟暮已无南亩耕。

石梁云起街陪范周兄即景

2020.8.16

暮色苍茫染白头，云街指顾是优游。
青山相对人相问，嚼嚼余香心底留。

吕新景诗家山感怀　董枫书

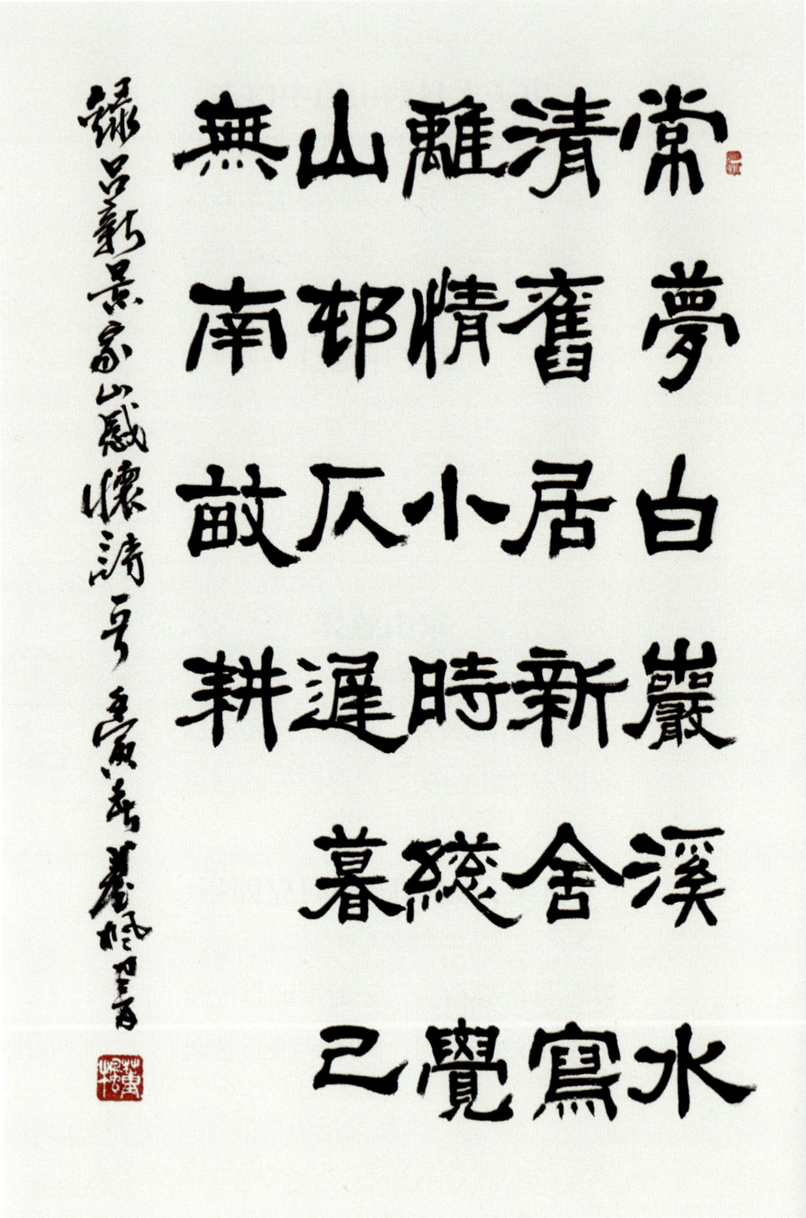

杨丰山二首

2020.9.6

一　夜宿杨丰山

岭上疏灯如水清，更深正好听秋声。
已无荦确坡头路，也学黄州月下行。

二　杨丰山晨记

早起山农已辍耕，市人偶作野人行。
一坡香稻黄间绿，不忘苍生白玉粳。

注：仙居杨丰山采风，与寿龙兄漫步坡上，用苏轼《东坡》韵。

遂昌两题

2020.9.21

一　遂昌印象

神龙已隐水云间，千佛悠游不愿还。
最是流连清气处，南尖岩上瀑潺潺。

二　遗爱亭[1]

山城春色草萋萋，辞罢涛声吟小溪。

赢得元元遗爱在，诗魂犹系浙南西。

注：① 1591 年，汤显祖因弹劾申时行等被贬为雷州徐闻典史。一年后内迁为遂昌知县。在遂昌任上因爱民而有政声。后人为他建了遗爱祠。上世纪 80 年代，老百姓为了纪念他而修建了遗爱亭。

石梁夜语

2020.10

夜阑天近听星语，怎个秋蛩不住鸣。

天上十分云汉水，三分泻入石梁泓。

次崇增兄《宿永嘉耕读小院》韵

2020.10.25

小序：应永嘉诗会所邀，与崇增兄自驾楠溪江永嘉书院，参加永嘉楠溪秋韵·中国山水诗雅集和瓯江山水诗路与文旅经济沙龙活动。期间与崇增兄有永嘉唱和五章。

古郡长存山水清，推窗旭日出东瀛。

诗心且逐莺声发，留与他年茶后评。

吕新景诗石梁夜语　吴季鸿书

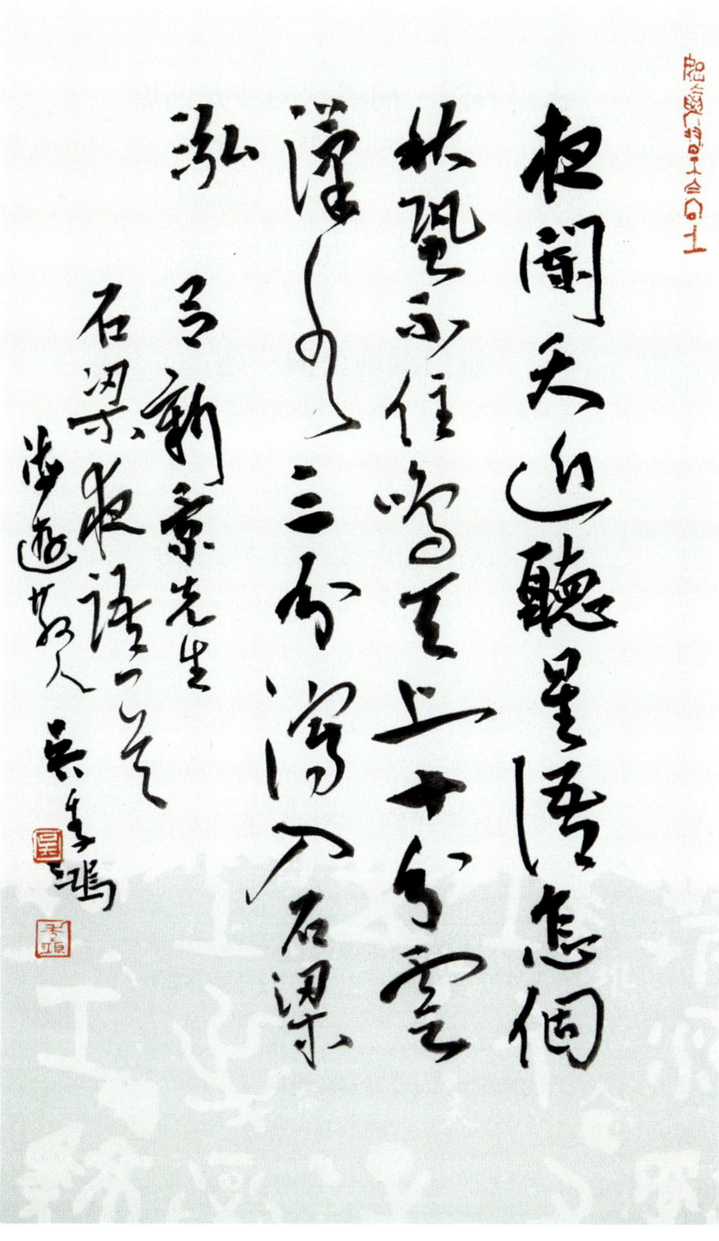

永嘉书院·楠溪秋韵沙龙即席

2020.10.25

山水无功事有功，楠溪江畔说谢公。
屐痕无迹苍崖在，古韵依然唱大风。

旋门湿地公园三题

诗词学会于玉环旋门举办诗词讲坛而作
2020.11.7（立冬）

一

斜阳一抹在天涯，染白芦花染浪花。
行过千山行万水，何如鸥鹭卧清沙。

二

闲鸥闲鹭卧清沙，尽日芦边数晚霞。
千朵红云千样好，随舟轻逐到渔家。

三

旋门芦雪压仙葩，红掌①飞来啄落霞。
谁说只应天上见，果香飘出玉环家。

注：①旋门有闲步鸥，为全球濒危物种。

吕新景旋门湿地公园诗意　占必青画

汨罗行

小序：应邀赴汨罗参加国际诗歌艺术周活动。屈子，诗祖也，吾敬仰之。得诗词一组：绝句三，七律二，词一。

一 赴首届汨罗江国际诗歌艺术周

2020.12.11 高铁上

菊花开后见冰枝，越地飞过楚地驰。
血脉哪堪添重负，离骚读罢尽愁丝。

二 汨罗街边独步

2020.12.11 夜

隐隐街灯雾气深，旅人犹自独沉吟。
欲问那边匆匆客，诗魂且往何处寻？

三 屈潭凭吊

2020.12.15

清潭玉笥伴崔嵬，八百洞庭扬酒杯。
且问大夫何所愿，诗魂含笑踏波来。

吕新景诗天问一号　李朝建书

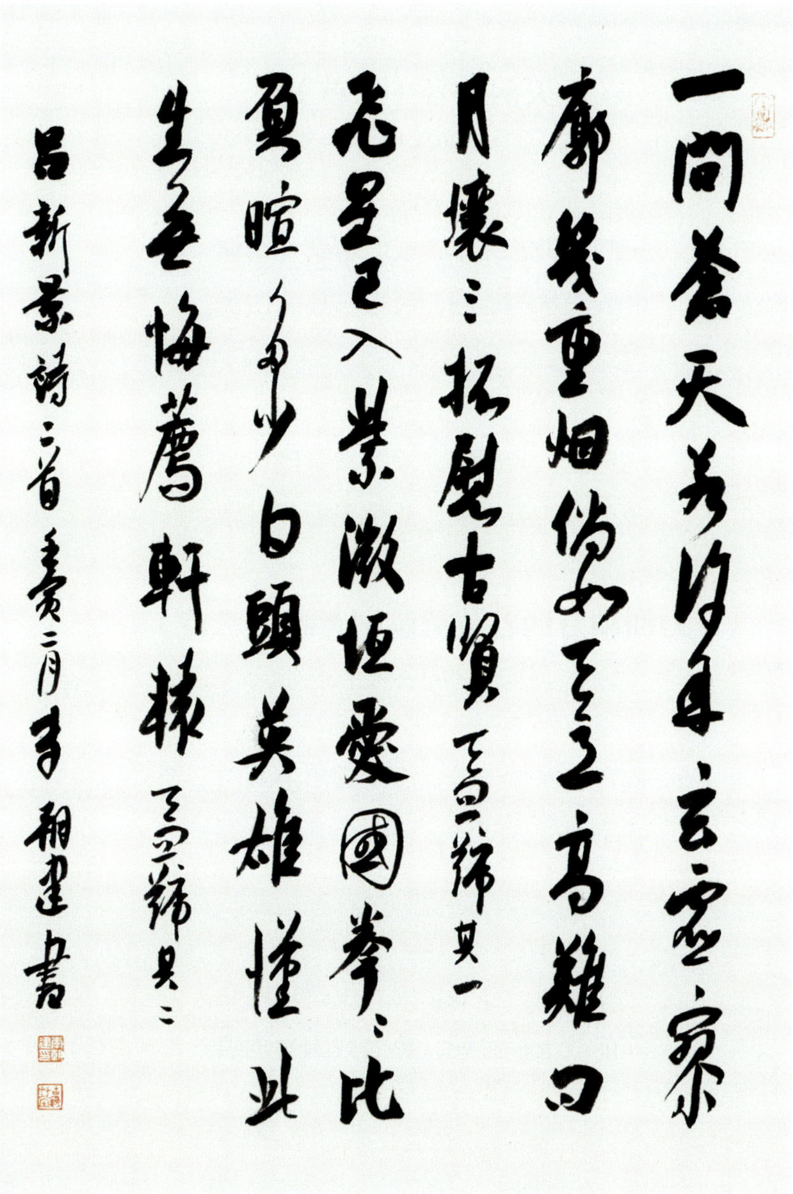

天问一号（二首）

2021.1.3

一

一问苍天若许年，玄虚寥廓几重烟。
谁云天意高难问，月壤三抔慰古贤。

二

飞星已入紫微垣，爱国拳拳比负暄。
多少白头英雄汉，此生无悔荐轩辕。

为加勒万河谷英勇献国者歌（二首）

2021.2.20

一

铁脊高寒雪色昏，虎贲鹰击出营门。
我军血战冰河谷，捷报亀儿漏夜奔。

二

一寸山河一寸根，男儿生就是昆仑。
阵前战士轻生死，热血只因为国喷。

郭凤韶赞

2021.3.29

小序：郭凤韶（1911 一 1930），临海城关人，台州第一位就义的女共产党员，1930 年 10 月 25 日在南京雨花台英勇就义。

经得风霜才是梅，情知沥血赴高台。
犹如三月江南雨，都向百花枝上开。

宣侠父赞

2021.3.30

小序：宣侠父（1899 一 1938），诸暨人，早期优秀共产党党员，黄埔一期学员。1924 年春在浙江省立甲种水产学校发展周梦莲、金辅华等 5 人入党，随后建立中共海门小组。1938 年在八路军西安办事处工作时被蒋介石密令暗杀。

暗雾沉沉长夜迷，提灯台岳遂成蹊。
枕山听得潮声醉，大璞犹存东海西。

和合赤城

2021.4.26

辛丑暮春，人间四月；天清气爽，景丽花明。是处赤霞叆叇，云台飘渺。京浙诸友于天台塔后村居小憩，座中书香缭绕，茶

吕新景陪诸位会长观石梁瀑布诗意　阳帆画

香浮动。文彰公约以“和合赤城”四字为题，藏头联句，令周遭诗意盎然，余绪绵邈。今峰[1]以小序记之，是为传一时之盛也。联句者曰文彰、曰晓篁、曰新景、曰密珍也。

诗云：

和风携雨润天台，（周文彰）
合是诗花一路开。（王骏）
赤岭霞飞延远客，（吕新景）
城南小筑漫浮杯。（张密珍）

注：①小序作者为中华诗词学会副会长林峰。

续和合赤城（藏头）

2021.4.26

和风拂面百花开，合口黄鹂唱绿槐。
赤岭丹霞曾记否，城头几度接诗魁？

陪诸位会长观石梁瀑布

2021.4.27

四面青山万古台，回回观瀑小蓬莱。
平生只爱石梁水，破壁飞身再不回。

吕新景敬步周文彰会长《天台石梁瀑布》诗意　田林海画

敬步周文彰会长《天台石梁瀑布》

2021.4.27

亿年刷石化飞梁，湍急奔腾出翠岗。
一去前程千万里，山花开处是家乡。

天问一号已着陆火星乌托邦平原，闻总设计师张荣桥热泪如雨有作

2021.5.15 赴嘉兴途中

汝搭天桥为问天，祝融今日叩峰巅。
抬头泪洒江南雨，已着中华第一鞭。

嘉兴南湖有怀（三首）

2021.5.15 于嘉兴

小序：五月十五日，卢乐群先生应嘉兴市委所邀，作纪念中共建党百年纪念书法作品展。所书作品皆开国领袖之诗词文句，为一盛事也。余亦出席，与有荣焉。是夜游湖有吟。

一

舫影荷风接碧天，一池春水翠无边。
南湖烟雨千秋月，曾照波心万里船。

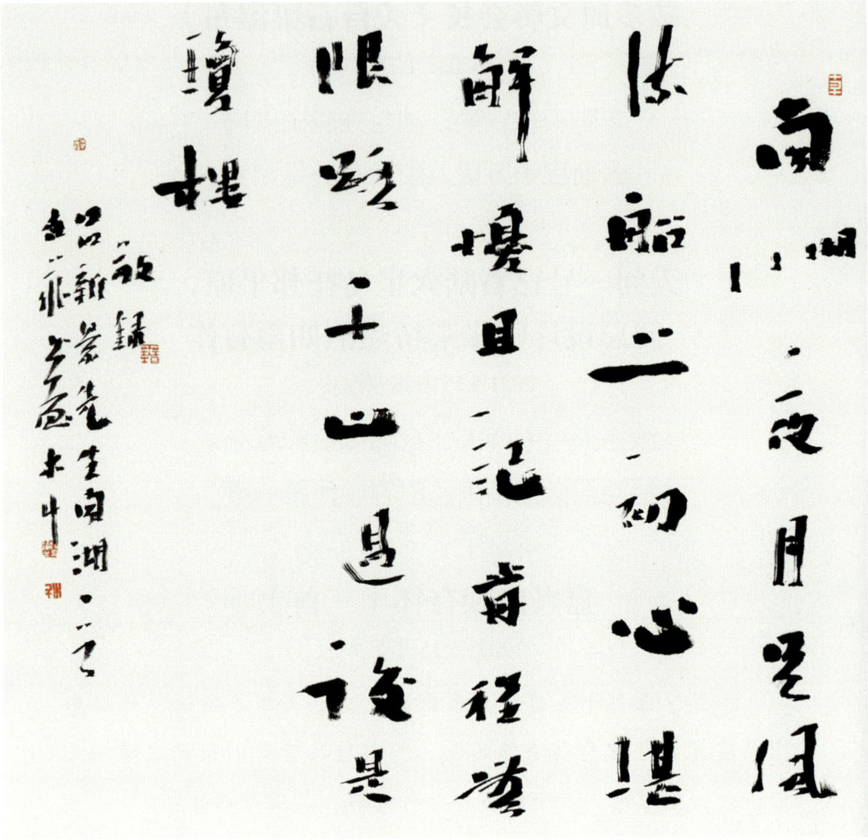

吕新景诗嘉兴南湖有怀　姚斌书

二

影是深情光是河，南湖夜色起春波。

百年胜迹百年事，流向人间浩浩歌。

三

南湖夜月足风流，船上初心堪解忧。

且记前程无限路，千山过后是琼楼。

贺卢乐群庆祝建党百年书法专题创作于嘉兴博物馆开展

2021.5.16 于嘉兴博物馆

曾驾红船作胜游，浪峰涛谷豁吟眸。

方今借得右军笔，留取诗心照九州。

闻袁隆平逝世而作

一抔白米恩几重？且问田头一老农。

驾鹤仙班留不住，稻花香里识音容。

注：编号 8117 小行星为“袁隆平星”。

吕新景大陈岛诗意　马进良画

仁者吴孟超

2021.5.23

华佗扁鹊古来传，怎比吴星翱九天。

游刃一生追肝胆，玉壶惟向万民悬。

注：编号 17606 小行星为“吴孟超星”。

建党百年颂
——记台州诗联学会百诗纪念建党百年作品展

2021.6.15

画舫初开救陆沉，茫茫碧海几惊心。

江山犹记楼台月，克奏肤功抚玉琴。

和合公园

2021.6.24

万朵轻云缀碧空，楼台不与市街同。

我期乡里皆如此，歌在元元心坎中。

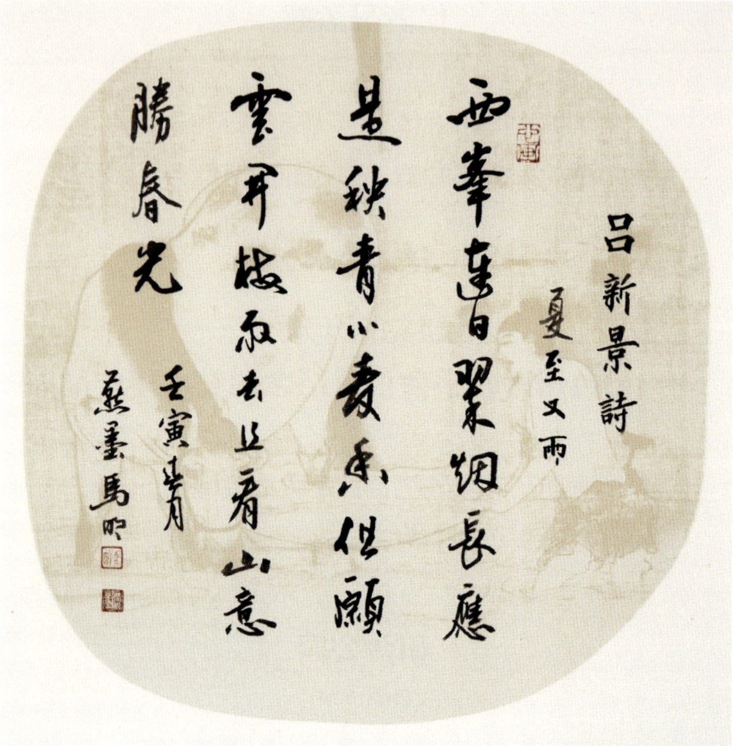

吕新景诗夏至又雨　马明书

大陈岛

2021.6.27

海天曾记岛苍夷，岁月如波志不移。
五百银锄惊浪落，风涛声里午崖岀。

夏至又雨

2021.6.21

西峰连日翠烟长，应是秧青小麦香。
但愿云开梅雨去，且看山意胜春光。

观卢乐群大兄《心潮逐浪高》建党百年书展有感

2021.6.30

珠玑盈壁凤鸾鸣，白发云章次第呈。
寄意诗怀追热血，心潮逐浪是真诚。

夜登樵夫阁

2021.7.5

小序：应临海诗联学会所邀，与一众旧友新知夜游东湖，登樵夫阁。此处是余八十年代在临海工作常光顾之地，然当年有樵夫祠、未有阁——此阁为纪念一樵夫而建。传明成祖夺了建文帝皇位后，临海北固山下一樵夫，闻之投东湖而殉。叔叔夺了侄儿的大位，按理与一樵夫何干？大约死于信义。宋人多亡于厓山，明人多隐于山林，清人旧党多为民国新贵。俯视湖山，如樵夫之死者几何？

一潭湖水接清流，周粟难蒸是相侯。
街市卖柴焉卖义，千年樵影独斯楼。

包头草原行组诗

2021.7.21

小序：7.20—7.25 赴包头参加全国外宣干部培训班北大同学会，有绝句一组、词一。

城中草原——赛罕塔拉

穹庐天际接空明，敕勒川中楼宇横。
但见儿童相嬉逐，画图一幅入钢城。

蒙古包中抒怀（二首）

一

三十年来天一方，云烟渺渺月茫茫。
未名湖畔长相忆，已是斜阳覆晚霜。

二

蒙古包中情意浓，起看月色已朦胧。
何时再约师生会，北国南天举酒盅。

成陵怀古（二首）

2021.7.22

一

纵马亚欧盖世雄，谁知霸业转头空。
何如原上千秋草，岁岁年年笑朐风。

二

穹庐原上白云飘，山北河南尽骏骁。
且挽长弓如满月，何时一箭射狍鸮。

响沙湾

2021.7.22

细如脂玉浪如潮，浩瀚沙峦映碧霄。
我寄闲愁怀漠北，雄风依旧属天骄。

大青山

青山脚下柳如醒，影入杯中玉液盈。

好曲当须忘我唱，昆都川上夕阳明。

昆都河谷看烟花

2021.7.23

烟花绽放两苍穹，一处情长一处疯。

疯处祈求云见日，情长恨不共飞鸿。

注：包头同学为聚会专门燃放烟花。此时恰逢家乡台风“烟花”临近。

登春坤山云中草原

2021.7.24

织锦云山细品裁，霓裳早已舞轮台。

阴山千里胡尘绝，又听角声海上来。

喜闻晚舟归来

2021.9.25

一

人间堕落是帮凶，谋主原来出白宫。

正值家园秋色好，晚舟归处角梅红。

二

大国相争作女囚，古今滋味上心头。
春风三度繁花落，秋色满园迎晚舟。

三

尊严自古强中得，谁见吞声有国威。
羁轭三年宁白首，风涛万里晚舟归。

湖山秋意

2021.10.5

小序：上午约于东湖知乐堂。湖山高会，秋阳无限，兴会无前。在座者邑之高贤，曰乐群、广建、伟军、荣杰、三见、岳清、引奭、志猛及余也。有诗记之。

笔笔轻涂黄渐稠，蛩声逾树上心头。
湖山如约应知乐，琪水清波在晚秋。

丽水行（六首）

2021.10.11

小序：此次因丽水诗联学会所邀，参加丽水山水诗论坛活动。下午独自登万象山，行瓯江畔，并和周文彰会长《丽水金山》韵。

吕新景湖山秋意诗意　陈锡安画

和周公文彰会长《丽水金山》韵（二首）

一

着绿披黄照眼金，行吟屐齿有踪寻。
城乡已倡民同富，但愿家园似上林。

二

湖山清瑟绿陈金，玉露冰香云外寻。
最是江南双九菊，篱笆隐处碧秋林。

南明山

2021.10.12

南明烟雨足清游，采把黄花插满头。
秋入括苍真隐处，三分瑶水下处州。

应星楼

2021.10.12

半江灯火半江秋，飒飒金风灌满楼。
疏叶更愁连夜雨，明朝问菊放兰舟。

石门洞

2021.10.13

洞口红尘滚滚过，洞中云气掩嵯峨。

催诗[1]何用风吹雨，一片诗心在薜萝。

注：①景区中有郭沫若催诗桥。

千峡湖[1]

2021.10.13

千峡泠波罨画图，洗心最是碧烟浮。

秋风已过秋红少，秋色如何隔此湖。

注：①在丽水。

越王城山

2021.10.20

仗剑何须浣女歌，三千越甲复山河。

当年英气今何在，惟见江风逐逝波。

台州书画院观书画

2021.12.1 于白云山下

寒重云山霜染枫，挥毫好比走云骢。
放怀写得萧萧竹，碧水蓝天数点红。

重登白岩山

2021.12.3

萧萧林木脊崚崚，五十年过重又登。
莫问负薪时日远，家山藏在最深层。

贺东塍镇文联成立

2022.1.17

喜看今日解培根，毋忘初心再铸魂。
且待文星重焕灿，增辉乡里作昆仑。

云起街晨望

2022.3.14 于天台山麓莲书院

欲觅桃源何处寻，石梁街上绿阴阴。
且看疫火何时息，处处青山可洗心。

叹灵江

2022.3.25

台岳苍山风景幽，汤汤一脉育吾州。

小儿轻薄娘亲水，不废灵江万古流。

清明十日后祭祖

2022.4.16

山村深绿最撩人，洒酒稍嫌误节辰。

沪上何时重焕彩，且将心字付烟新。

题路桥区新联会浦南小学

2022.5.21

春深桃李斗榴红，一派书声绕学宫。

千里关山万里梦，民工也不误蒙童。

题路桥区恒勃技工学校

2022.5.21

不争松柏上云端，一样成材耻屈盘。

百折犹存伸展志，明朝蓬勃众人看。

贺神舟十四与空间站成功对接

2022.6.5

刚回又往已寻常，建个天宫样板房。
王母应知天下意，休嫌小伙是牛郎。

坐望南天顶

2022.7.5 于仙居登云大酒店

一入仙居便是仙，低头私语近青天。
乘云莫叹身无术，足点莲花掠碧渊。

神仙居观音峰

2022.7.6

人说观音修坐忘，我看欧冶铸寒芒。
湛卢不是凡间物，化作东风护海疆。

与冯根胜兄登八咏楼

2022.10.24

登临来晚步匆匆，满壁题诗一望中。
我有闲情书不得，深秋暮色入苍穹。

秋末访麻山

曾翻险谷忆留痕，四面翠微长对门。
闻道窗前山月好，随君直上白云村。

记呈岐民宿

山田石屋入崔嵬，东望群峦翠一堆。
许是烟村能引客，凭栏邀月举霞杯。

忆西湖

长忆西湖淡淡妆，小桃含笑斗鹅黄。
人生哪得如初见，但取长堤一段香。

西山道中

2022.12.24

莫看青岭杳无名，可与谢公同敲枰。
我有幽思言不得，满山飞叶作心声。

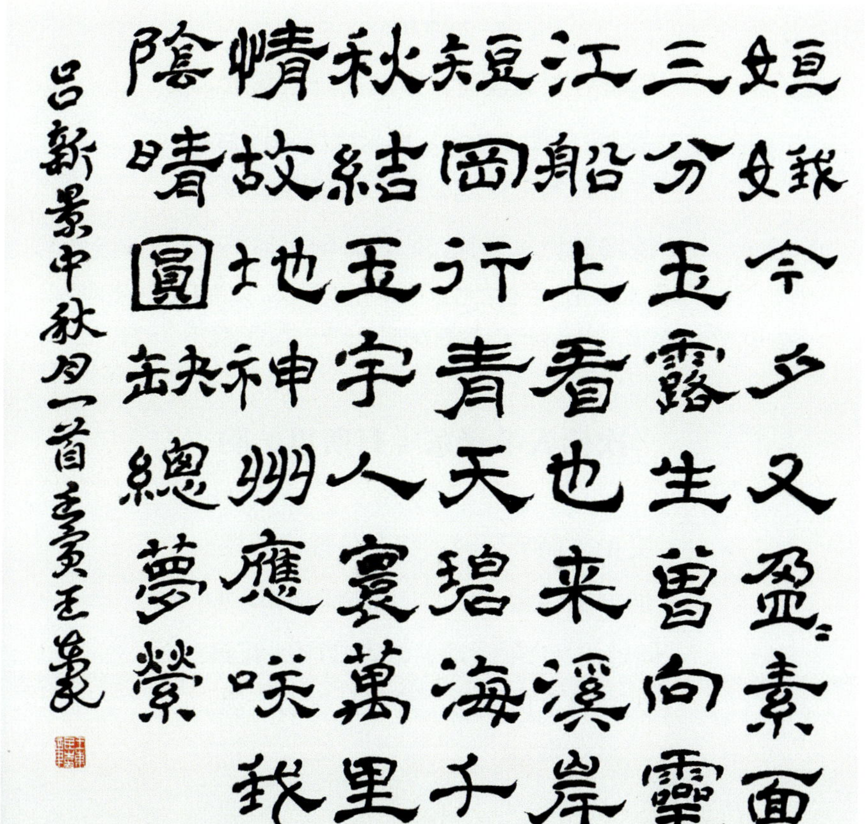

吕新景诗中秋月　王东民书

中秋月

2017.10.5

姮娥今夕又盈盈，素面三分玉露生。

曾向灵江船上看①，也来溪岸短冈行。

青天碧海千秋结，玉宇人寰万里情。

故地神州应笑我，阴晴圆缺总梦萦。

注：①灵江为浙江第三大河。1991 年中秋夜，余与众友乘木船从府城西门顺流而下至小两山，又趁潮而回，于江山观月。

次伟人毛泽东《有所思》韵

2018.7.3

又见美狮呲牙时，狐奔兔逐折芳枝。

退群翻作金元用，加税势如航母驰。

何处流民①争暖地，谁家故国展红旗？

大洋总是风潮急，静气从来有所思。

注：①难民潮涌向欧洲。

中秋前夜遇雨

2018.9.23

小序：戊戌中秋前夜，于灵湖湖心岛主持首期台州诗词讲坛，大雨，无法赏月，有诗记之。

窗前万点漏银河，湖上千丝缀绿波。
常有阴晴君莫问，虽无皎月自当歌。
水天难辨氤氲色，雨幕浮沉碧黛螺。
明夜清辉才见满，佳诗捧出待嫦娥。

登东山[①]

2018.10.30

几度蔷薇几度秋，青山寂寂待归舟。
斯人辞别少高士，骚客空来多鹭鸥。
一局烂柯闻鹤唳，半生问月化封侯。
堂前燕子今何在？惟见舜江入海流。

注：①上虞东山，初走唐诗之路。

入学四十年同学聚会

2018.11

梦中常见菊花黄，执手相看两鬓霜。
尚有机缘回旧地，但无岁月续同窗。
尖峰山上青云在，八咏楼前愁绪长。
还历人生须宴乐，莫言甘罗与冯唐。

纪念五四百年

2019.5.4

睡狮开眼觅良方，闻说邻居赤帜扬。
总是强梁欺弱肉，岂无学子捍荣光？
求新已换千秋术，追梦业成百代芳。
莫让复兴成复古，还从文脉写华章。

石塘晨望

2019.6.29 于石塘

小序：因余介绍，28 日柬埔寨浙江总商会和广东锦湖置业集团举行向郭文标捐赠海上救生艇和摩托艇仪式。29 日晨，与海波徐步石塘长堤，登雨伞礁头。舒目远眺，白浪徐起，几点船影。回望港内，桅林如市，小舟游曳。伏季休渔，海洋亦需要休养生息。面对海洋，给予比索取更加重要。

浪拍横礁覆拜天①，遥望水际远航船。
桅林摇曳轻舟渡，晓雾浮沉石屋牵。
海上屠龙空自许，波中顾影尚堪怜。
老锚锈爪多斑驳，且待云帆又一年。

注：①指横屿礁和拜天礁。

香港乱象有感作

2019.9.3 夜

满城风雨近黄昏，可笑鱼虾搏大鲲。
自古正邪成陌路，从来冰炭不同盆。
香江已唱团圆曲，故土未除异逆根。
不见西洋余落日？莫为海外一孤魂。

建国七十周年感赋

2019.9.30

东方今日气如虹，万里旌旗万里红。
种岛南洋擒老鳖，飞星广宇建天宫。
常从歧路归明道，每向平凡赞俊雄。
人叹西风凋碧树①，我期华夏庆大同。

注：①马克龙演讲，指出西方霸权或许已近终结。

云端小镇・石梁

2019.11.22

橙黄七彩总频频，台岳初冬风日新。
地上本无全季绿，枝头还有翌年春。

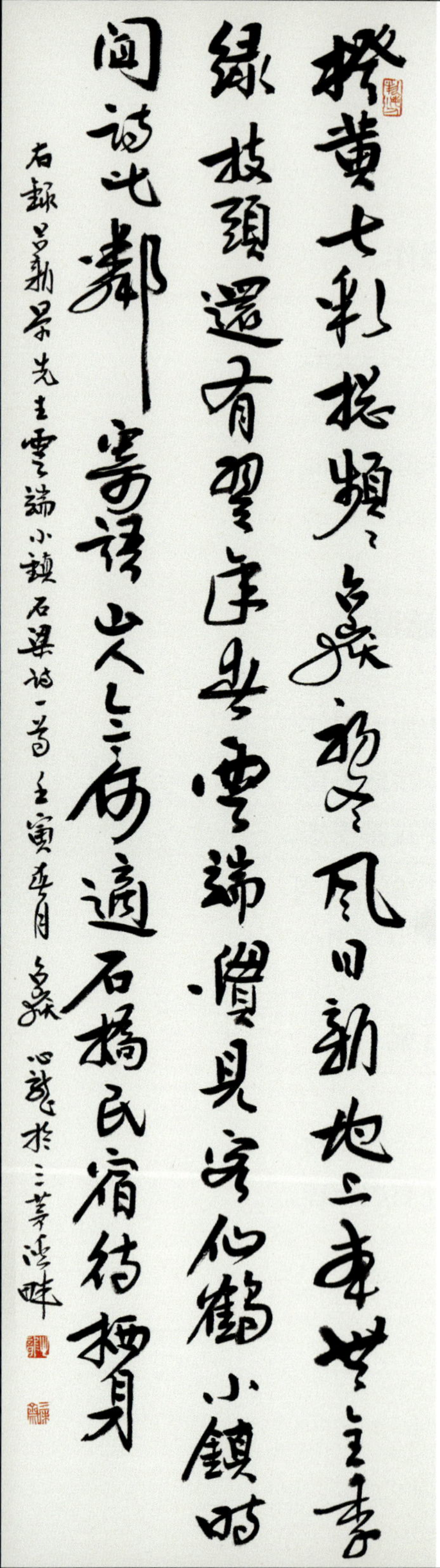

吕新景诗云端小镇·石梁

孙新龙书

云端惯见客分座，小镇时闻诗比邻。

寄语山人[①]今适处，石桥民宿待栖身。

注：①孟浩然，号孟山人。《舟中晓望》：问我今何适？天台访石桥。

毛泽东诞辰有赋

2019.12.26

人民万岁响苍穹，百姓回呼山海同。

长夜风霜寒黔首，黎明旭日暖农工。

激扬文字汉唐小，指点江山九鼎隆。

回望神州红旗下，春风化雨水朝东。

又一年

2019.12.30

每每年终总结忙，几多妙手绣文章。

创新词语频频出，提炼功夫个个强。

别比高低惟岁月，莫论迟早有春光。

农人只想仓廪实，管啥何时负增长。

小草吟

2020.1.2（己亥腊八）

小序：小草者，不比大树高，不比鲜花美。小草所求无多，一抔土，一点儿水，几缕光阴而已。它作不了桢干，作不了鲜花，但若没有小草，大地会荒凉。

无论青绿或疏黄，仪表当难入庙堂。
常见远芳侵古道，也看柔骨立垣墙。
幽栖涧底非无梦，诞漫丘原有自强。
一抔泥土心足足，半缕阳光愿已偿。

元日有怀

2020.1.25

燕居小院亦安然，转眼江风入旧年。
不截盘根非国器，能摩天意是神仙。
如今疫病思良佐，往日太平忘五贤。
幸有虎贲星夜去，江城百姓正无眠。

注：武汉疫情紧急，元日居家有怀。

次杜甫《立春》韵有寄战“疫”将士

2020.2.4

春雨春风今又是，花开花落岂违时。
烟空缈缈当红日，柳眼微微更碧丝。
此疫早非寻常疫，今危远比往冬危。
吾身老矣惟观战，且待凯旋题小诗。

宿石门山民宿

2020.6.18

天台山水总映云，山北山南一样闻。
谢客兴来留宿迹，刘阮悔去别尘氛。
一声啼落千山月，八骏飞腾万谷氲。
宜雨宜晴常见画，可茶可酒可耕耘。

目睹智渡法师发掘石窟有作

2020.8.11

何年苦匠凿山骨，古洞苍崖石室寒。
磬敲松风翻晓露，钟鸣新月绕金鸾。

戴星常念慈风拂，挥汗唯求夙愿安。
山水有缘成佛国，白云莲窟作奇观。

得西泠陈峰先生刻白岩山农印一枚，有怀家乡白岩山

2020.8.25

烟谷溪山隔路尘，白岩旧舍昔容身。
荷锄时喜杏花雨，挂笠犹思耕读人。
夏夜云舟迎织女，霜晨寒气袭衣巾。
只今再忆村头月，且与何人念负薪。

朱溪水库抒怀

2020.9.7

烟笼溪上月笼梅，泉水长喧村舍偎。
客敲蓬门无兼味，妇烹山蔌有新醅。
平湖拥翠迎神女，高峡扬波举玉台。
欲听滩声成漫忆，乡愁化梦正堪追。

注：溪上乡、岭梅乡在朱溪水库库区，整体移民后，人走室空，百姓已迁入新村。

府城漫步

2020.12.5

冬阳西照寿台[1]明，府街[2]闲身独步行。
四顾[3]三抚[4]望塔影，二元[5]十伞[6]听清声。
龙须大小[7]旧时路，更铺[8]后前不夜城。
幻化棋盘[9]何交涉，生民碗盏[10]再关情。

注：①即鼓楼，原名寿台楼。②府前街。③四顾巷。④三抚基。⑤二元坊。⑥十伞巷。⑦大龙须、小龙须。⑧更铺巷。⑨棋盘巷。⑩碗盏巷。

汨罗行之四
屈子祠怀古（二首）

2020.12.14

一

屈潭寒草雨潇潇，玉笥烟峦入碧霄。
玄鸟已离桃花洞[1]，秋风空舞濯缨桥[2]。
像前怅恨身先死，祠侧方知柏后凋。
若是放歌随鼓枻，白头江渚一渔樵。

注：①桃花洞：在玉笥山，相传屈原被放逐后居玉笥山，常去洞中纳凉。

②濯缨桥：相传屈原常在玉笥山石桥下洗濯冠缨。

二

一潭愁渚一潭烟，泽畔行吟倍潸然。
呵壁犹期图晚策，问天已察失先鞭。
濯缨桥下滋兰水，河泊[1]渡头濛汜[2]渊。
醒眼凌波辞醉世，汨罗从此属前贤。

注：①河泊：即屈潭，在玉笥山前，相传屈原在此投江。
②濛汜：日落之处。

腊日次韵杜甫《腊日》有寄

2021.1.20

腊八逢寒春不遥，但忧冠毒几时消。
玉盘捧出红莲粥，素手折来杨柳条。
破壁当须民众力，良谋自有紫宸朝。
百年圆梦在明日，九曲韶歌上碧霄。

闻某官员掌掴下属

2021.1.25

一声掌掴响天雷，惊动官场实可哀。
浩浩世情皆欲杀，煌煌勋业已难追。

应知势运常翻眼，莫为炎凉作绿苔。
问政何时清若许，初心一片日边来。

次韵杜甫《立春》

2021.2.3（辛丑立春）

小序：立春，节气之首。杜甫一生奔波，晚年益加穷困潦倒。《立春》系他晚年居夔州所作。忆及京都过立春时情景，此时，身无归处，却细细道来，更显其悲。去年遇疫宅家，作次韵杜甫《立春》。今年仍宅家，再作《立春》一首。好在有诗相伴。

春日重临举酒卮，难忘去岁宅家时。
欲探亲友刷微信，遥送孤魂折柳丝。
百万亿元[1]真可喜，二三狂汉不知悲。
山河暖政应无恙，除夕他乡题好诗。

注：① 2020 年中国 GDP 突破 100 万亿元。

庚子除夕

2021.2.11（庚子年夜）

半天爆竹半天光，今夜分年今夜长。
华彩飞扬无恙福，春饼卷起细菜香。

且持杯酒祝嘉岁，又赋新诗诉老肠。

百姓期期追愿景，金牛蹄健跃康庄。

格公花

2021.3.20（辛丑春分）

小序：今晨回白岩山下，见田园里一片小白花，驻足细观，俱不是仰面花，甚喜。少时上山伐薪，不砍此物（有刺），也不觉花美，但喜其果红艳诱人，品之鲜甜可口，俗名格公。学名是否覆盆子？存疑。今农民移植田里，成经济作物。白岩山烟遮雾缭，家山总在心里。有诗记之。

都说梅花无仰面，还看洁白也低眉。

常为尖刺伤酥手，且喜红颜啖蔗饴。

最是寻常山野物，也成致富妙方棋。

春风三月烟岚碧，笔染清香题小诗。

五四青年节忆昔

2021.5.4

阴浓花谢雨纷纷，忽忆教鞭几十文。

呀语声中看冷露，昏黄灯下听蝇蚊。

难忘半碗红烧肉，常想冲天筋斗云。
指点一班顽小子，自身不觉是猢狲。

悼袁隆平、吴孟超两国士

2021.5.22

驾鹤西行复断魂，谁知痛失两昆仑。
忍看五岳松垂首，且听山河雨覆盆。
举筷莫忘真国士，悬壶当念妙乾坤。
三餐米足胆肝壮，民乐民安方是根。

台州市四次诗联学会代表大会遣怀

2021.6.3

东海云帆足称心，诗家兴会在清吟。
情分大小看家国，唱有高低听吕琴。
何与俗名生意气，可从星月买光阴。
崦嵫一望霞犹在，再上青山策马骎。

端午节前一日台州杭州诗友聚会有吟

2021.6.14

端阳喜雨会清游，犹感灵均苦索求。
诗路漫寻叹漫漶，青山空对作空愁。
石桥旭日春天树，渔浦金风玉露舟。
纵使前峰高万仞，老夫换马慢骑牛。

包头横竖街晚宴

2021.7.25

一横一竖十全难，撇捺写成犹感叹。
竖巷房中藏岁月，横街路上有波澜。
阴山已息胡笳曲，漠北再无苏武滩。
杯酒精神人不老，斜阳依旧尚堪看。

敬贺卢乐群兄八十寿诞

2021.8.30

白云山下闻鹓鸠，索句章溪[1]写崦嵫[2]。
鹤瘦犹欢朝杖日，松青当贺干霄时。

方圆道是兰亭事，王圣才知境界奇。

渭老童颜长照水，先生舞墨待期颐。

注：①指位于章家溪的原台州供销学校。

②卢乐群先生赠我“望崦嵫而勿迫，恐鹈鴂之先鸣”条幅。

二月二龙抬头观俄乌战火

2022.2.4

二月春风杨柳翩，纷纷乱局说开年。

苍龙昂起东方处，玄武奈何天幕前。

满口自由谁信也，一炉祸水世知焉。

莫惊群雀常呼噪，多少霸王没大千。

和合公园散步听天鹅长鸣有怀

2022.4.22

且听声声鸣落照，犹疑振羽念琼楼。

霞飞苍昊故乡远，梦落清潭月色稠。

水岸与人争戏耍，坻中共鸭作长游。

泓清住得九天客，鹄峙常舒自在喉。

五一寄友人

2022.5.1

都说丹青知守白，人生留白也寻常。
三春转眼繁花落，长假无端绿码黄。
正是良辰看老友，莫嫌时日叹冯唐。
此心犹热奔腾急，又绘新图指远航。

题恒勃科技集团

2022.5.21

平生汲汲作深耕，创业艰辛商战横。
致远但凭诚与信，求新犹恃特加精。
应知科技能强国，且记匠心如干城。
纵使风云多变幻，山河万里竖红旌。

李隆赞

2022.7.20

此生休戚与民同，警笛啸鸣逞俊雄。
洪水滔滔横细浪，浓烟滚滚渡飞虹。
废墟梁下创奇迹，毒气车旁建巨功。
心系元元真卫士，常怀惕厉是精忠。

纪念八一建军节九十五周年

2022.7.31

首义南昌赤帜红，秋收号角唤农工。
长征炼狱铸青剑，敌后山河砺玉锋。
漫扫千军如卷席，敢犁鸠合若飞蓬。
且看南海滔波上，国有健儿气正隆。

阿房宫遗址[1]森林独步（二首）

一

林中小径自幽幽，独听秋蝉亮转喉。
杜说阿房三百里，吾行宫址一高丘。
咸阳城里鸿图绝，龙首原西帝业休。
渭水汤汤过北廓，空台寂寂两千秋。

二

千秋功业实煌煌，少学腐儒骂始皇。
莫怪樊川愁浊世，休诬项羽炬阿房。

向来真相藏陈迹，不觉时言入锦章。
六国毕时秦制立，祖龙不减半毫光。

注：①阿房宫位于西安龙首原西部。始动工于公元前 212 年，2 年后因秦始皇崩而停建。根据 2007 年的考古发现，当年阿房宫根本没有建起，只是完成了基础，所以项羽根本没有烧阿房宫。

未央宫怀古（四首）

一

龙原[1]秋草正离离，独坐轻车读旧碑。
唯见残垣空血色，难寻宫阙数丹墀。
大风歌罢多豪气，漠北归来倾酒卮。
秦月汉关今犹在，还看海上展雄姿。

二

未央宫土入斜晖，龙首原头秋草肥。
折柳章台[2]来往客，画眉椒殿[3]旧新妃。
绵绵青史垂强汉，浩浩长河说紫薇[4]。
走马黄沙平瀚海，纵横南北是王畿。

三

子夫[5]秀发紫衣飞，汉武椒房掌壶闱。

甥舅[6]应知皇戚贵，将侯身自马背威。
封狼[7]猛士真忧国，巫蛊忠良畏馋讥[8]。
思后[9]园中思主马，龙原秋草映斜晖。

四

龙首生来帝国基，石渠天禄[10]两相宜。
萧何青眼开文脉，司马悲心作楚辞。
七略成时传绝学，六经论罢重儒师。
凿空西域丝绸路，延祚绵绵服四夷。

注：①未央宫位于西安北龙首原上。

②秦朝旧宫，未央宫在章台宫的基础上重建。

③椒房殿为皇后寝宫。

④未央宫也称紫薇宫。

⑤指卫子夫，汉武帝皇后。

⑥指卫青、霍去病。

⑦霍去病追击匈奴至漠北，封狼居胥山。

⑧指汉武帝晚年巫蛊之祸。

⑨卫子夫死后被汉宣帝封为思后，建思后园。

⑩汉石渠阁、天禄阁为萧何所建，石渠阁为国家最早的档案馆，天禄阁为国家最早的图书馆，刘向等在此整理图书档案，编成《七略》。汉宣帝曾在石渠阁召集群儒，开过一次重要的学术会议讨论六经。

大明宫怀古（四首）

2022.8.18

一

中伏骄阳地欲燃，道边残柳绿年年。
含元晓筹衣冠动，太液阳春桃李妍。
方起玉楼高阊阖，又开都护在于阗。
天南海北无化外，快马纶音到极边。

二

龙原秋色草阡阡，城阙悠悠化紫烟。
华宴玉杯人半醉，羽衣歌舞影鸿翩。
初登大位生豪气，长听无疆慕八仙。
舟覆舟行当有自，蓬莱泪水每相沿。

三

琼楼殿阁满京城，骚客纷纷奔大明。
傲物脱靴传美谈，遗贤献赋发悲声。
长安玉液应无份，山海风流合有名。
莫叹诗人何向往，为谁辛苦为谁荣。

四（龙首原）

坡南坡北韵风香，气脉绵绵万载长。
幸有汉唐横剑戟，不教华夏牧牛羊。
眼前玉宇皆尘土，身后五湖是故乡。
面对残垣生敬意，还看南海复雄强。

贺临海市诗词楹联学会第三次代表大会召开

2022.8.29

八月荷风拂热波，灵湖水岸起欢歌。
常趋草野知民瘼，少向豪门听佩珂。
总是年华催物候，莫嫌时日白蹉跎。
一生风月一千首，无意苍山作茑萝。

大学毕业四十周年同学聚会有作

2022.10.22

防疫三年常禁足，同窗卌载老相逢。
青春作伴须醇酒，白发放歌听晚钟。
好日子中知自在，轻生活里度从容。
高村秋意胜春色，八婺黄花分外浓。

岭根将军村

2022.11.21

月映山桥碧黛螺，故居岁月漫蹉跎。
旧勋功业留痕迹，人瑞传奇挂老柯。
莫道双溪溪水浅，且看桑梓梓材多。
已忘年少坡头路，寻梦庄前寻茑萝。

忽变黄码有所思

2022.10.22

莫话清零与躺平，全民护绿实营营。
门前罗雀无长物，店里留尘少细氓。
抗疫三年天下敝，向生一夕世间惊。
滋荣犹待春风日，还我中华永太平。

闻美日对中国旅客入境限制有寄

2022.12.30

窗外参横一老梅，三年兀自向阳开。
似曾相识门重闭，无可奈何魔再来。
体面哪堪空里子，搴帷但愿慰灵台。
低吟犹念苍生事，一样悲欢一样捱。

卷四（古风）

寻铜壶滴漏

2019.3.10 于天台山

久慕铜壶说不休，铜壶一见惹闲愁。
溪穷绝壁飞泉激，雾隐芝英紫气浮。
欲借惠风登胜迹，且舒游目览仙湫。
既惊铜窟生烟雨，又叹龙吟入玉瓯。
坐望瑶池碧，神思接斗牛。
临虚云岭上，吾意越昆丘。
穆天子，西王母，碧桃盛宴结仙俦。
八骏日行三万里，玄圃金庭不肯留。
四顾柔荑绿，周遭淑气稠。
翠微叠叠轻纱缈，华顶森森红日侔。
一绝尘嚣外，何须三世修。

人生难满百，转眼成蜉蝣。

李白仙，王维佛，少陵涕泗不断流。

诗赋怎封万户侯？

红尘十丈魂飞苦，凌烟阁上何曾问春秋？

刘阮惆怅日，司马恋琼楼。

功名何所似？冷月照荒洲。

惟有台山风日好，还将诗酒换吴钩。

利奇马过府吟

2019.8.16

浊浪逾城走，奇马过台州。
谁见银河决？巾山水中浮。
城阙已陷落，紫阳半截楼。
江河平通衢，巷陌鬼神愁。
老翁床上蹲，香车波下泅。
风雨惊魂夜，何处寻方舟？
满屏呼声急，恨不作飞鸥。
两浙飞镝鸣，勇士夜出征。
雨狂路更黑，驰援赴危城。
飞舟跃恶浪，击水入门庭。
豪情与铁骨，俨然忘死生。
补天有众志，感恩献虹旌。
但愿初心固，人民乐安宁。

庚子人日再登西山有作

2020.1.31(庚子初七上午)

前度登山向东方，海上风来岚气香。
今朝西望那三镇，黄鹤楼边断离肠。
门闭路稀战犹酣，虎贲猎猎正鹰扬。
自从已亥飞鸣镝，瘟神不让过除夕。
亲过小骄娃，离家救灾厄。
白衣一挥袂，素手荷战戟。
登车夤夜行，千军赴危城。
寒风三千里，病毒正狰狞。
白衣洁如雪，白衣血已热。
白衣美如玉，白衣意如铁。
举国同声气，誓把顽疾灭。
奈何太平久，马驴相傍走。
滥竽可充数，熊将能战否?
从不验盘根，钝刀难应手。
君不见，台上报告花锦绣，
摄像机前不知怎开口。
君不见，八方物资滚滚流，红会却献丑。
为官莫避事，民心岂可负!

我盼天公重抖擞，
国有难，猛士守。
忽听四面广播声，神州一夜皆是兵。
村头哨卡举长缨，城门白衣肃相迎。
看汝几日能横行？
瘟疠出，有华陀，神定气闲待伏魔。
国士真无双，八十又挥戈。
五千年路多嵯峨，踏成大道我长歌。
十四亿人奋一臂，倒海翻江众挽波。
暾出鸟雀飞，功成勇士归。
凯旋门下摆长筵，共庆神州朗朗天。

有怀遂昌令汤显祖

2020.9.26

些小徐闻吏，量移到遂昌。
城垣废无郭，饿虎正猖狂。
劝民勤耕读，放囚暂还乡。
射圃重教化，不拘妇呈堂。
文士重濯缨，但愿山水清。
四见桐花艳，长歌携酒行。
才拾紫玉钗，又唱牡丹亭。
霞岭好寻仙，无事上公庭。
一计无相识，二计丞相嗔。
也学陶令去，还吾自由身。
临川茶纯白，高韵待嘉宾。
玉茗有长梦，绝胜那冠巾。

观开化根宫佛国园

2020.12.25

虬虬众朽木，历历经冰霜。
朝沐百花露，夕披霓彩裳。
天然少雕饰，峦壑自华光。
细刻复精镂，谁移入明堂。
俨然成法相，礼赞年年长。
奇根建玉宇，偏乡起龙骧。
钱源好风月，浩浩奔大洋。

卷五（词）

浣溪沙·灵湖（三首）

一

2017.3.5

二月湖堤柳色新，融风轻拂最宜人。逍遥骚客踱湖滨。

堤柳轻飏枝绽绿，夕阳斜照水如鳞。一弯弦月一湾春。

二

2017.3.6

伫立长堤望晚霞，春风又发旧枝桠。华灯初点水中花。

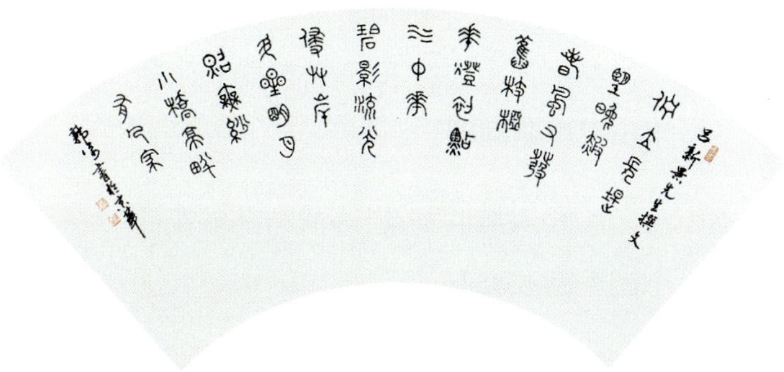

吕新景诗浣溪沙·灵湖　郭源书

碧影流光侵草岸，斗星明月照无纱。小桥亭畔有人家。

三

2017.3.8

新柳初妆问彩霞，几分春色染枝丫。风姿十里压奇葩。

烟雨青丝成绝胜，湖堤浅草也飞花。小船画舫隔轻纱。

浣溪沙·春望

2017.3.9

雾罩云山清谷天，青林隐隐石生烟。水田漠漠燕翩翩。

昨晚春风催骨朵，今晨芍药斗花仙。小园香径独流连。

浣溪沙·岁月

2017.3.10

无限春光有限身，花开花落不由人。流年俯仰几多春。

细雨斜风吹草树，桃花流水隔红尘。贪将一晌览缤纷。

酒泉子·长忆家山（四首）

一 长忆白岩山

长忆家山，水碧天蓝如画鉴。炊烟化在白云间，涧底瀑潺潺。

暮春花艳香红袅，一带青山烟雨浥。晚秋金色醉山村，腊酒足鸡肫。

二 长忆春耕

长忆春耕，布谷咕咕催早起。平林幽谷晓烟迷，举目盼云霓。

吕新景长忆家山诗意　高炬画

老农呼犊声声急，旧土新翻泉水入。燕归仍识北山溪，落日数峰西。

三 长忆秋收

长忆秋收，七彩层林金野岫。垂垂谷穗覆田畴，橘柚满枝头。

一湾溪水无穷乐，肥美鱼虾随意捉。犬奔兔逐白岩①边，绝顶看晚烟。

注：①白岩：家乡的山主峰，称白岩山。

四 长忆家山

2017.3.31

长忆家山，梦里家山花依旧。梦醒何处上巉岩，薄雾隐寒潭。

少年无限拏云志，尽在秋风秋菊里。门前溪水自朝西①，白发照清溪。

注：①村前的溪水向西流，是临海牛头山水库的源头之一。

临江仙·彩云归（二首）

2017.7.19

一

骇浪惊涛终底事？竟教棠棣齐悲。一湾海峡裂长圻。楚河与汉界，两岸痛相违。

四面汪洋孤岛上，乡愁漂泊无依。家山咫尺梦难期。抬头明月在，何日彩云归。

二

花落花开春依旧，故园草树离离。应抬望眼莫相欷。波平恩怨去，云水总依依。

同是炎黄真血脉，相逢一笑和怡。巨龙今日看腾飞。山河分外美，正待彩云归。

江城子·羊岩品茶[1]

2018.4.21

杜鹃如血橘花盈，跃葱茏，暖风轻。巧手茶娘，枝上舞飞莺。郡守乡关登绝顶，看晚照，远山明。

已闲公事坐轩庭，取鹅黄，使君烹。遍尝香茗，不觉已微醒。胜地羊岩茶胜酒，人未老，踏峰行。

注：①陪同浙江省原省长吕祖善、省政协原副主席张鸿铭考察，夜宿羊岩山。

踏莎行·清波滔尽

2018.4.22 于蛇蟠岛

一粒残山，几汪剩水，凿成此恨无穷数。蛇蟠岛上说传奇，海风难扫千年雾。

青蟹横行，弹涂钻窟，始终难逃盘中箸。三门湾畔看霞光，清波滔尽虚名去。

踏莎行·叶下慢漫

2018.4.24 于神仙居

水秀峰奇，竹清人淡，坐看云起还云散。且将叶下作家山，莫嫌小院炊烟慢。

踏翠青峦，寻芳幽涧，欲攀绝壁赏仙篆。半生故事已等闲，夕阳更在山西面。

水调歌头·中秋

2019.9.13（己亥中秋夜）

小序：东坡曾问明月几时有？明月每天都在，都圆。只是有时乌云遮望眼，又有地球月球旋转，自然有阴晴圆缺。假如天天看着明晃晃的圆月，还不如看阴晴圆缺的月亮。中秋从崇拜自然祭祀月神开始，到今天的赏月。几千年的演变，从一种严肃的祭祀文明到今天的赏玩习俗，这也是一种文化的传承和发展。

明月时时在，不必问青天。缺多圆少，别怨寰宇小球旋。常有乌云遮眼，又有盈期雨雪，岁岁几清妍？引得银河水，洗净碧穹烟。

过秋节，赏明月，庆团圆。一章绝唱，望月空叹念前贤。今夜冰轮高挂，正是人间清景，底事照无眠？借我双飞翼，腾上白云巅。

采桑子·燕居岭（二首）

2019.12.8（己亥十一月十三）

小序：12 月 8 日出席山大王杯临海蜜橘全国征诗大赛颁奖典礼。“山大王”牌蜜橘的产地为邵家渡燕居岭。7 年前去过 20 次，计划在那里建文化产业园。设计蓝图亦已绘就，由于多种原因，束之高阁。可叹。今日重上燕居岭，橘树已经长大，满坡流金。感慨良多，以诗记之。

一

冬阳涂抹峰峦暖，岭也金黄，树也金黄，但见山农采橘忙。

何时借个山边角，不筑豪房，只搭山房，听雨枕风幽梦长。

二

赏诗且往燕居岭，人到山巅，诗挂岩巅，吟客跻跻品橘鲜。

当时曾把蓝图绘。欲说前缘，还说今缘，缈缈江波如五烟。

踏莎行·武汉加油

2020.2.24

风月同天，弟兄同母，八方抗疫齐援手。别看尔又戴新冠，神州一怒雄狮吼。

武汉加油，坚持战斗，鲜花总在春风后。白衣早日送瘟神，谪仙再折江城柳。

步白野《浣溪沙·永嘉书院》韵

2020.10.25

行过雁山不见秋，霞波淼淼入明眸。
楠溪深处寄乡愁。

知有屐痕成绝响，岂无棹迹竞风流。
诗人正在夕阳楼。

次白野《浣溪沙·楠溪江山水诗雅集》二首韵

2020.10.27

一

山北山南水脉长，当年古邑是同乡。
探幽访友恰重阳。

菊色染秋秋色老，吟声拍水水风香。
诗情起处涨思量。

二

百转秋山入水津，举头仙境语星辰。又逢诗路解传薪。

宰相何如山里作，诗词长向兴中频。原来幸福是闲人。

江城子·华顶晚照

2020.11.14

卅年分别各忙忙，未明湖，自难忘。南北东西，一样舞红妆。今日相逢头染雪，千杯酒，话衷肠。

忽思峰上有残阳，跃山巅，观苍芒。此处烟霞，绝胜那华章。一览众峦真快意，人欲老，好风光。

注：1993 年北大全国外宣干部培训班同学相聚台州，观华顶晚照有记。

汨罗行之三

浣溪沙·长乐镇回龙门

2020.12.12

带袭白纱披汨罗，楚声楚韵赋新歌。
村夫骚客共吟哦。

求索不迁修远路，怀沙亦要渡云波。
龙门岁岁望江沱。

浣溪沙·包山书院[1]

2020.12.27

听雨山前兰草香，梅花细雨化琼浆。
心田从此不荒凉。

千里春风同皓月，三贤学问焕幽芳。
江源多脉水流长。

注：①包山书院位于衢州开化。

浣溪沙·牛日

2021.2.16

牛日，是女祸造牛的日子，也是百姓接财神的日子。

牛日迎神意若何，牛年转眼假无多。春风还在懒消磨。

旧柳梢头期绿蕊，新湖萍藻待黄鹅。人生岁月几蹉跎？

浣溪沙·见友人清晨鱼鹰照有感

2021.2.20

桥下丰溪波不兴，春烟几缕绕枝青。柳苞昨晚已苏醒。

何处早莺争暖树，数行竹筏见鱼鹰。有谁去解锁喉绳？

浣溪沙·老宅留照

2021.2.24

旧舍三成空寂寥，当年掏鸟正垂髫。
梦中犹觉是山樵。

且听溪声成漫忆，何须岁月说乘轺。
孙儿共我望明朝。

注：正月初三，与夫人携孙儿回老家，有照留念。

浣溪沙·敬赠周公文彰会长及诸吟长

2021.4.27

诗路相逢酒一杯，晓烟丝雨杜鹃开。
秀山丽水总萦回。

史上石桥多墨客，方今台岳待诗魁。
又来华顶见崔嵬。

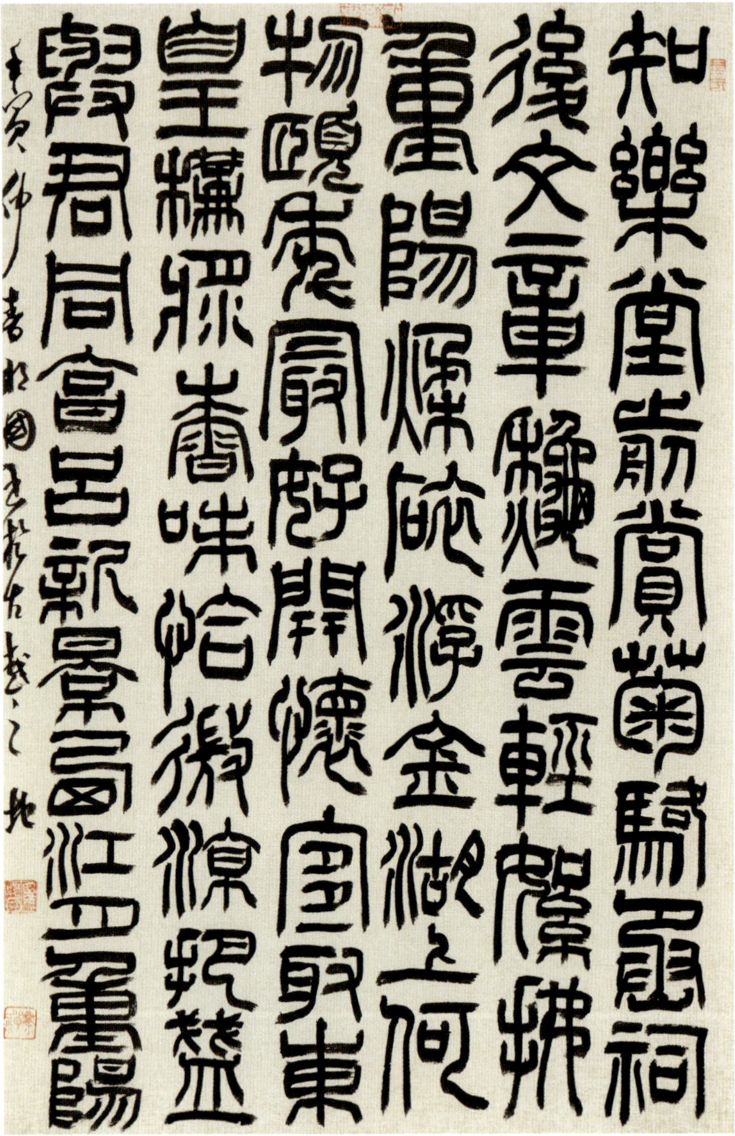

吕新景诗西江月·重阳　罗邦国书

浣溪沙・春坤山[1]抒怀

2021.7.24

草甸鲜花岭上开，青山吟翠向崔嵬。遥驰远目漫徘徊。

欲对汉城看汉月，犹期金甲举金杯。且将昏眼望轩台。

注：①即包头大青山。

西江月・重阳

2021.10.14

知乐堂前赏菊，骆丞祠后文章。秋云轻絮拂重阳。揉碎浮金湖上。

何物颐年最好，开怀宜取东皇。枸浆香味恰微凉。把盏与君同享。

鹧鸪天·和合公园漫步

2021.10.24

已见秋红草未凋，随看楼影也妖娆。
一池秋水飞鸿落，三岁儿童碎步摇。
追往昔，抚今朝，心中无事便逍遥。
白云山下游人织，和合公园歌入霄。

鹧鸪天·酒后云起街[1]与白野兄漫步

2021.10.25

绝顶更知夜寂寥，星星与我共逍遥。
松悬冰月露华白，霜落秋山草木凋。
东篱菊，太和烧，山光下酒听清谣。
谈锋仍健风流在，老去休言乘凤轺。

注：①在天台石梁镇。

鹧鸪天·通玄寺[1]寻迹

2021.10.26

寻迹青山自驾车，通玄峰下识清嘉。
经书数本犹传世，顽石千年仍结跏。

吕新景鹧鸪天·通玄寺寻迹诗意　徐三见画

红朱柿，白轻纱，秋思一缕挂枝桠。
秋红尤比春红胜，灿过西山一朵霞。

注：①位于天台山石梁镇。

鹧鸪天·秋湖

2021.10.28

霜降已过寒意微，飞鸿戏水两依依。
洗心宜对黄花盛，观叶应知莲子肥。
芦荻舞，彩云飞，小亭檐角挂斜晖。
浮生长恨清闲少，掬碧秋湖一笑归。

鹧鸪天·观潘公画展①

2021.10.30 于三清上

秋水无痕碧断肠，青蓝只爱付长塘。
几丛绕石陶家菊，数叶横波素履霜。
擎天盖，小莲房，于今只作赏荷郎。
一枝一骨能扛鼎，记取冰心满壁香。

注：①应约参加潘公凯先生画展，并与先生晤谈甚欢。

鹧鸪天·长向湖边[1]看碧波

2021.11.9

长向湖边看碧波，心随境转意兴多。
镜天秋水添张网，泊岸渔舟少笠蓑。
绿头鸭，黑天鹅，无拘无束不归窠。
何人解得斜阳美，惟有身闲可揣摩。

注：①和合公园。

水调歌头·橘

2021.11.15

院内一株橘，源自涌泉移。经年花放花谢，心里总期期。既有高墙卫护，又有花坛装点，成果却微微。遥想山边橘，何有此兰畦？

求学问，拜师傅，把农时。早春一树香溢，秋日满青枝。应记飞蛾偷食，还靠神奇粘贴，金色胜东篱。再望枝头上，今日果离离。

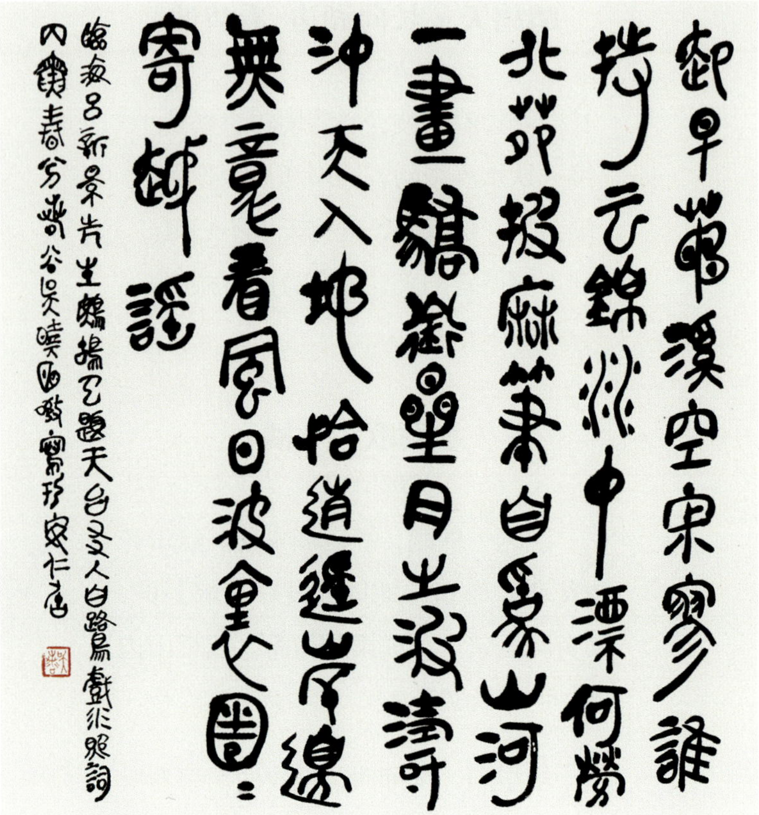

吕新景诗鹧鸪天·题天台友人白鹭戏水照　吴晓明书

水调歌头·桃花岛

2021.11.20

小序：灵江一桥与三桥间，史上有一沙洲，名江下渚，灵江在此分为两支，俗称大江、小江。渚上种满桃树，俗称桃花岛。这里是临海市民80年代的“打卡地”。现在泯灭了。惜哉！

偶踏江边地，勾起一闲愁。一行雁字西去，抬眼望清秋。已是寒林落叶，不见夭夭倩影，无处识沙鸥。潮去江波静，月在几重楼。

巾子上，忆犹在，老沙洲。大江净卧如练，分水细凝旒。双峆浮屠犹立，江渚何时消失，相问也无由。世上多多事，都逐水东流。

鹧鸪天·题天台友人白鹭戏水照

2021.12.24

起早茅溪空寂寥，谁持云锦水中漂。
何劳北苑披麻笔，自为山河一画骄。

衔星月，出波涛，冲天入地恰逍遥。
岸边无意看风日，波里圈圈寄越谣。

沁园春·贺杭绍台高铁通车

2021.12.26

背负苍台，面对波涛，自古洞天。想仲谋航海，谢公伐径，飞鸿难越，猿虎愁攀。归隐桃源，左迁闲地，古郡何曾近玉銮。仍长忆，叹雪封苍岭，雁断青笺。

春回时节前沿，幸开放、人勤能克艰。喜万家店厂，百城风物，路通四海，财聚瀛寰。赏雪冰城，观鱼南溟，高铁纵横一夕还。愿身健，趁岁华犹好，看尽千山。

千秋岁·怀周公

2022.1.8 夜

千秋一仆，俊朗昆仑柱。金瓯裂，匐身补。洪都吹号角，遵义扶英主。从兹后，展开长袖迎风舞。

但为中华故，已把寸心付。人民事，殷殷语。鞠躬兮尽粹，归去兮兰露。今如愿，山河万里龙翔翥。

行香子·大寒

2022.1.20

节尽年终。寒极冬隆。尚堪忧、疫伏犹凶。生存不易，少点城封。有几家乐，几家富，几家穷？

春风款款，岁月匆匆。问人生、甚是从容？当时笑谈，多数成空。只一壶茶，一支笔，一衰翁。

行香子·苏轼诞辰 985 年有作

2022.1.21

生也名臣，穷也天人。这居士，谁喜谁瞋。雪堂清影，赤壁寒津。念三潭月，儋州井，岭南春。

小舟隐处，甚好安身。嬉山光，鸟跃鱼亲。朝歌铁板，暮唱烟村。独一词客，千秋赋，万年文。

行香子·寄乡村诗词工委

2022.1.23

随处悠游，看了心愁。问苍茫、还有吟眸？垣残藏兔，人老如猴。只清溪冷，深溪浊，浅溪休。

今年拆旧，明岁新楼。看文脉、赓续无由。明清遗韵，朝夕蜉蝣。倩君同力，人同福，宴同俦。

行香子·辛丑除夕

2022.1.31（除夕）

今夕今年。明日明年。咱华夏、同设华筵。核酸测罢，好去团圆。叹离家远，回家急，望家穿。

枝头梅雪，门上春联。焰声里、尊浅灯阑。怀忧何事，困局谁怜。但待新阳，迎新朔，写新篇。

卜算子·辛丑除夕依韵奉和周文彰会长

2022.1.31（除夕）

前岁误新年，去岁归家误。又是行程点点红，去也终须去。

不畏雪途难，总恨新冠妒。看尔凶横再几时，雪化春如故。

行香子·煮苹果

2022.2.2 日（初二）

除夕筵丰，新正香浓。看烟雨、连日飞空。闲来无事，作个厨工。可尝新口，清肠胃，乐童翁。

无聊国足，青绿成风。看当下、谁败谁雄？故人问候，付于千钟。最是嘉景，寒梅落，百花红。

西江月·贺第二十四届冬奥会

2022.2.3

正值冰原风雪，又来铁马戎装。开春华夏好风光，北国红梅怒放。

更快更高拼搏，心中有梦刚强。奖台上面说辉煌，正是人生模样。

菩萨蛮·与北京友人游巾子山

2022.2.10

苍茫北固寒烟歇，灵江如带巾山碧。遥望白云楼，相看两白头。

峰前空旧壁，指划嗟何及。芜漫见依稀，鹧鸪晨晚飞。

菩萨蛮·3.21东航客机事故空难

2022.3.29

春风忽报风筝折，春山无辜声声咽。指日是清明，断魂何处迎。

曾言双比翼，谁料云山隔。迢递问家乡，朝阳连夕阳。

行香子·立夏

2022.5.5

水暖烟融，花谢阴浓。当晴野、麦熟秧葱。春光易老，岁月如骢。见青梅小，海棠瘦，李桃丰。

频频兵燹，屡屡魔踪。这棋局，难解难终。世无宁日，谁是元凶？正怒潮涌，红旗展，舞东风。

行香子·亭旁起义

2022.5.26

采束青薇，摘把新槐。作心香、献予丰碑。湫山芒锷，雨打风吹。望衣亭小，双溪阔，鹤山巍。

怒云翻卷，赤帜扬飞。想当年、一曲歌悲。域中晴日，还酹家醅。念初心重，民心贵，党心辉。

行香子·读人间词话感怀

2022.6.2

惊乱鱼凫，鼎落昆湖。那河山、攘攘王都。屈潭波老，鱼藻轩孤。奈风来急，云来速，雨来濡。

自开户牖，新启修途。这崔嵬、好比苍梧。人间词话，天上瑶琚。有几分哲，几分史，几分儒。

次林崇增吟长《浣溪沙·仙居瑶池宴》韵

2022.7.6

诗宴嘉篇次第观，诗人兴会展欢颜。漫看诗路入云间。

长铗青锋辉黛壑，熏衣香露湿仙山。永安溪畔氧吧餐。

青玉案·冬云轻拂

2022.12.1

冬云轻拂湖边柳，更飞雪，穿庭牖。忽忆当年曾抖擞，也曾无忌，也曾无负，白发青梅酒。

巡南正是春风后，且把芳华舞长袖。整理山河调鼎手。蓦然回望，斯人已走，叶落空山瘦。

青玉案·灵湖

2022.12.3

寒烟轻笼寒湖路，更飞向、湖中渚。知否残荷曾絮语，池塘波冷，莲房子茹，岸上余空树。

疫情反复难穷处，解禁还须解心苦。若到春风吹晓雾，黄莺啼柳，小荷初露，莫把花期误。

卷六（联）

题白岩山

岩上白云舒卷随天意

门前溪水去来自清流

题紫凝道人像

易经堪养德

修道在涵心

题台岳精舍

借一角台山，观月观星，自得陶公所乐

居半间雅舍，听风听雨，岂无范相之忧

阆风苑

登阆风而绁马

济白水以乘云

台岳书院

半辈子史经，何如此中开悟

一山儒释道，试问谁堪比肩

湫水山迴龙寺

一笑解他三千心结

能容算你八尺男儿

三圣殿

梵呗绕灵台，频起湫山法雨

佛光同日月，重开古寺莲花

题括苍山

九万涓双江入海

三千仞一柱擎天

贺台州府城荣登5A景区联（二副）

双塔照灵江，应知宋韵未遗落

三台辉日月，不信春风唤勿回

古郡重光，府城明月辉苍岳

雄关不老，楼堞绮霞上碧霄

临海灵湖

万顷平波，有这般山魂海魄，东浮台岳，西接括苍，南聚眉峰，北毗廛市。凭栏处，喜疏柳含烟，新荷挺秀；晴芦飞絮，霁雪凝诗。风景四时如画。又高亭浴彩，芳榭流徽；幽径莺歌，虹桥夕照。良辰美景，何妨他选胜泛舟。朗日煦和，亲近些岸芷汀兰，落红芳草；遄飞逸兴，休辜负鸥翔鹭落，鲤跃蝉鸣。好一幅人与自然画卷。试问谁开此鉴？绿水汇涓流而浩渺，蓝图绘盛世而恢弘，大美乐高朋。更何况，有五峰在水，双塔摩云，邀月灵湖，问茶临海。

千年古郡，经多少劫火重生，上应三台，下罗五邑，前通溟海，后枕青岑。封尘中，是东瓯[1]肇始，回浦[2]初名；碧眼[③]拓疆，孙恩[④]起义。城垣几度残阳。思辛景[⑤]修营，郑虔[⑥]教化；钱暄[⑦]治邑，谭戚[⑧]平倭。文治武功，端的是藏龙卧虎。魁星闪耀，总难忘骆丞[⑨]草檄，蟠克[⑩]词章；山水无私，莫争相康乐[⑪]游踪，谪仙[⑫]诗兴。都无惭海山仙子声名。且容放眼湖山。家园倡共富以同心，环境吁清华以永护。名城昭远景。莫犹疑，趁星拱北辰，涛飞东海，腾龙强市，筑梦长城。

注释：①东瓯：台州古属东瓯。②回浦：西汉设回浦县。③碧眼：指孙权。④孙恩：东晋孙恩起义后数次进攻临海。⑤辛景：东晋临海太守筑城抵御孙恩。⑥郑虔：唐文学家，贬为台州司户参军，以教化百姓终老。⑦钱暄：宋台州知府。⑧谭戚：谭纶，明台州知府；戚继光，抗倭名将。⑨骆丞:骆宾王，曾任临海县丞，草讨武曌檄。⑩蟠克:北宋诗人杨蟠；南宋词人陈克。⑪康乐：谢灵运。⑫谪仙：李白。

卷七（诗话）

有个瑶池叫铜壶滴漏

三月十一日参加毕浙东唐诗之路研究院活动，专为寻访大铜壶滴漏而留宿赤城宾馆。铜壶滴漏在天台山不算大景点，从石梁下方顺水路左拐，半小时即到。我多年前去过，却不知道这个是小铜壶。今年一月重访浙东唐诗之路的大竹园村时，听天台画家左溪说路上还有一个大铜壶滴漏，而村长又说如何如何好，就勾起了我的兴趣——原来还有一个大铜壶隐藏在深山里。那天下午回来时就急匆匆去寻找大铜壶滴漏，结果只找到一处叫水珠帘的瀑布。因天色不早，又不知路况，只好返回。回来有诗为记。

寻铜壶滴漏不遇见水珠帘

欲觅铜壶山缈缈，竹林穷处挂珠帘。

天台四万八千丈，多少瑶池落翠崦。

这一个多月，就在兹念兹要重寻铜壶滴漏。刚好这次活动林崇增先生和徐中秋先生也在，就相约去寻这一秘境。下午雨初歇，去铜壶滴漏已不能，转而去桐柏宫，访

吕新景寻铜壶滴漏不遇见水珠帘诗意 左溪画

画家梅真君。初霁的琼台在深雾中，峰簇若隐若现，桐柏宫半隐云烟，半浮碧波。梅真君煮芝茶待我等。室雅茶香，观画谈诗，亦人生一大乐事。白野诗才敏捷，俄顷有诗作成，嘱左溪书之。

访友名山欲探真，神仙便是五闲人。

问茶此日雨初歇，一镊一杯桐柏春。

谈诗观画，众人兴致勃勃，盘桓一下午而回。

次日清晨醒来，正欲和白野诗，见中秋亦有诗发微信上：

雨后游天台山

远是青云近是烟，峰藏峰露簇三千。

南宗殿外时闻鹤，我到天台心欲仙。

于是，诗兴也起，各和了一首。一是次白野韵：

雾锁琼台山掩真，道宫清寂有闲人。

芝茶煮沸香盈室，一入台山便是春。

二是依中秋《雨后游天台山》韵：

何是青峦何是烟，琼台山意若人颠。

鹤随司马月犹在，摘片闲云作小仙。

早饭毕，在左溪陪同下去寻访铜壶滴漏。驾车入天台山，上石梁，过石梁村往下驱车十多分钟，即拐进一个开凿后没有修整的山洞，地面经雨水冲刷，又经久失修，坎坷不平，似乎很少有人来此。前行不远，见两座小屋，亦废弃许久。年前来时即停车此处，这次车沿着山道一直往上开，路又差又狭，刚够走一辆车。昨天的雨给天台山增添了许多云烟，使天台山更加妩媚，更加隐约。车爬过几个山弯，见一个小山村，村子里只有三五座房子完好，有些房子三面全塌，只留前墙。人迹鲜有，似乎是个空巢小村。左溪说是铜壶村。村前是一条平常的山溪，下方有一座铁索吊桥，看不出有什么奇特景像。我们下了车，从吊桥上过去。吊桥似乎也多年无人走动，我们心里慌慌的。沿对岸山道下行几十米，见山势突然下坠，山溪也跌落不见了，而水声突起，有烟雾腾飞翻卷。近前看，溪床开裂几瓣，生出一个圆形大洞，溪水跌入洞中不见了。靠近豁口，一道悬崖峭壁深不见底，有水花从峭壁喷出，观之心惊胆战。左溪说，这就是铜壶滴漏。那个窝洞当然就是铜壶。

伫足观之良久。我们从右侧顺山坡而下，沿路都是竹林，许多毛竹倒伏，或半腰劈裂。细观断竹之状，竹或裂或断但节不断。终于下到涧底。仰望铜壶，古铜色巨壁上沿被劈开一道很深的豁口，玉瀑倾泻而出，注入涧底碧玉似的深潭中。注视潭水，那种澄碧令人目弦和窒息。潭浅处，水底石床呈黄铜色，水浅处呈玉色，水波一圈圈荡出，跌落下一道石壁，又形成了一道瀑布。巨壁与河床都是花岗岩石质，经水的冲刷和沙石研磨，形成了光滑的水槽和凹坑，奇妙无比。只是刚下了多时的雨，铜壶滴漏成了通天玉柱。那水成了天上的玉液，潭当然就是西王母的瑶池了。

溪水在巨石间萦绕，时而跳腾，时而静伏。顺溪谷前行不远，河床右边如弓隆起，将溪水分成两部分。右边石床是一道深切石槽，石槽仅宽几十公分，两边如刀切成直线，深有数米。一小股水从石槽中喷出。据说是龙从此下山，龙身一跃，石壁留痕。左溪说这小瀑布叫龙游涧。河床左边平滑宽广，大部分溪水从左边均衡泻下，形成薄薄的水幕，如珍珠串起的帘子，因此叫水珠帘。同一处瀑布竟有两个形态，分叫两个名字，这恐怕也不多见。我们下到谷底，从下往上仰望水珠帘和龙游涧，龙游涧如一条白练，水珠帘似一层层帐帷，挂在竹林深处。

天台山瀑布数石梁最为有名，古往今来，多少名人雅士写过石梁瀑布。仅唐人写石梁瀑布之诗就数不胜数。石梁上方有个铗剑泉，与石梁瀑布挨得很近，却不知名，少有人光顾。我也是去年才去一观。一观之下，觉得相见恨晚。铗剑泉虽无石梁瀑布宏大，却隐身石壁中，半隐半现，正如一柄宝剑藏在匣中，神采斐然。听瀑声，竟如匣中龙鸣。当时有一绝记下感受。

谁遗长铗照天明，切莫近前寒气盈。

凛凛秋风吹玉笛，细聆原是匣龙鸣。

今日观铜壶滴漏，又是一奇——三瀑相连而且各具特色。尤其水色如翡翠般秀丽，瀑状之奇特，环境之幽深实为天台山之最。不来一探，又何能知之？由是思之：人们往往只关注那些盛名之物，而无意于无名之物。世间万物多少埋没在这无名之中。

日近中午，我们四人心有不舍，从涧底回爬，又重看了一遍铜壶滴漏。四顾柔荑初黄，山峦间淑气已升，不觉神游物外，思接千古。终于圆了一个梦。晚上，有诗记此游。

久慕铜壶说不休，铜壶一见惹闲愁。
溪穷绝壁飞泉激，雾隐芝英紫气浮。
欲借惠风登胜迹，且舒游目览仙湫。
既惊铜窟生烟雨，又叹龙吟入玉瓯。
坐望瑶池碧，神思接斗牛。
临虚云岭上，吾意越昆丘。
穆天子，西王母，碧桃盛宴结仙俦。
八骏日行三万里，玄圃金庭不肯留。
四顾柔荑绿，周遭淑气稠。
翠微叠叠轻纱缈，华顶森森红日侔。
一绝尘嚣外，何须三世修。
人生难满百，转眼成蜉蝣。
李白仙，王维佛，少陵涕泗不断流。
诗赋怎封万户侯？
红尘十丈魂飞苦，凌烟阁上何曾问春秋？
刘阮惆怅日，司马恋琼楼。
功名何所似？
冷月照荒洲。
惟有台山风日好，还将诗酒换吴钩。
台山深秀，多少秘境深藏？
何文可尽美，何人可尽言！

三月十二日

吕新景篱落秋客　张喜来画

永嘉行唱和记

重阳前一日，因永嘉诗词学会之邀，我与林崇增二人驾车前往。走甬台温高速半程，越雁荡山，过括苍山余脉四海山，到达楠溪江核心区域永嘉书院。到达时五点，恰见楠溪江落日余晖。波光与霞光相映，峰峦共秋水一色。

初见楠溪江确如山中宰相陶弘景所言："山川之美，古来共谈。高峰入云，清流见底。两岸石壁，五色交辉。青林翠竹，四时俱备。晓雾将歇，猿鸟乱鸣。日夕欲颓，沉鳞竞跃，实是欲界之仙都。"

我们行走江畔，用手机记录下许多美景。古人用笔记录，今人用手机记录，技术上今人进步，思维上却往往输于古人。表达与感受也因之有区别。

这次来永嘉，是参加永嘉县组织的楠溪秋韵·中国山水诗雅集和瓯江山水诗路与文旅经济事功沙龙活动。稍晚，省诗词楹联学会王骏会长等诸吟长亦临，相聚甚欢。餐后我们宿耕读小院。

夜九点半，看到崇增兄在朋友圈发了《浣溪沙》一首。他总是手快，把傍晚看到的江边美景已收在词中。录之如下：

浣溪沙 ·永嘉书院

隐隐烟村古渡秋，青山四面入吟眸。有溪声处有乡愁。

书院已然新理念，人文不减旧风流。夕阳红照水边楼。

读了之后，有点“心痒”，读好诗如饮美酒，总会勾起写诗冲动，不觉和了一首。

步白野《浣溪沙·永嘉书院》韵

行过雁荡不见秋，霞波淼淼入明眸。楠溪深处寄乡愁。

知有屐痕成绝响，岂无棹迹竞风流。谁人正在夕阳楼。

第二天早上起来，我们在耕读小院走走看看。谈到昨晚的诗与和诗。昨天的景致都给了我们美好印象，皆有同感。这是一家不错的民宿，背靠山峦，环境幽雅，高挂枝头的柿子红了，晨鸟欢叫。这又勾起了崇增兄的“诗虫”。他清晨起来构思的一首诗立马写就，并马上与我还有丽水的两位诗友分享。

夜宿耕读小院

耕读烟霞心自清，栖居如在小蓬瀛。

一诗偶向秋山掷，惊起秋莺不住鸣。

读了后，我总是惊叹他的诗思敏捷，我是做不到的。早餐后，他与我讨论。我对一个词提出了建议，我说你不是偶向青山掷，而是常向青山，是随手向青山掷，改为“随向”可能更好。他一听，马上说好，接受了我的建议。

然后他对末句觉得还不满意，认为缺乏力度。我也认为还可提升。于是，在等车的空闲，他低着头，在小院子里四处转，好像在找那个灵感。上车后，他说有了，改为“不计时人好歹评”。我亦认为佳。于是尾联就改为：一诗随向秋山掷，不计时人好歹评。写诗，随心随性随景而发，而感触、情感往往因人而异。好差也任人评说罢了。

上午我们参加“瓯江山水诗路与文旅经济事功沙龙”活动，地点在永嘉学馆。进入永嘉书院景区后，穿过一片树林，然后先走吊桥进入楠溪江中一个小屿，小屿前面才是楠溪江主河道。

主河道很宽大，但此处不深，有石条铺成的桥和丁步与对岸相连。我们顺着地上贴的活动指路标记前行，真有探幽之感。到了水边，我们选择了从丁步上过去。那丁步很高，很长，估计有七八十米长，这也算还有点儿童心吧。

过了河，见一巨石，篆书“天一生水”四字。然后又见一小溪，有桥。到了桥头，才发现这里面又是一山谷，这个山谷更是一幽处——不到此处外面根本发现不了。山谷亦有两涧，右边山涧石壁上有一条水流不大的瀑布，左涧更深邃，涧边隐约可见几座房子。

我们从左边走，来到房子前，才见永嘉学馆匾额。此时来一小姑娘引导我们前行。到了另一座房子前，上有额“思文阁”三字，是一座小小的四合院，这才是沙龙会场。

许多客人已到，我们找一座位落座。永嘉会长王春见我们已到，过来招呼，指引我们到已经安排的位置上。

论坛由一水平不错的主持人主持，前面部分是省学会王骏会长授予永嘉县及几个地方浙江诗词之乡荣誉。后半部分有七八个专家学者演讲，内容有如何传承谢灵运山水诗文脉，打造山水诗路；如何弘扬永嘉学派事功之学精神，推进文旅产业发展，等等。也有论及不要都讲事功学说，山水诗是无用之用。有点论剑之味道。我坐着享受各位的宏论。偶一抬头，见四合院顶上即是山崖，心想，这里真的是论道之处，各种宏论不仅声震屋宇，更是声震崖壑，直达白云。于是又有了诗意。

打开手机准备写诗时，却发现崇增老兄又发出一首了：

永嘉山中

桑竹良田乐庶民，桃源就是梦中春。

但将秃笔书风骨，只捧江山不捧人。

每每被他抢先，我感到莫可奈何，于是也草就一首。

永嘉书院·楠溪秋韵沙龙

山水无功事有功？楠溪江畔说谢公。

屐痕无迹苍崖在，古韵依然唱大风。

论坛结束，我们从原路返回。午饭后，我说要休息一下。回到车上，闭目养神，又想起早晨之讨论，深感结句“不计时人好歹评”，比原句“惊起秋莺不住鸣”要好。崇增是个成名的老诗人了，仍然精益求精地对待诗词写作，仍然听得进别人的意见，这难能可贵。我有所感，亦就他早晨的诗写了第二首和诗。

次崇增兄《宿耕读小院》

古郡长存山水清，推窗旭日出东瀛。

莺啼小院诗心发，留与他年茶后评。

下午2时许，我们到了凤凰渡口雅集演出现场。这里已经人头挤挤，古韵雅乐响起。凤凰渡就在丁步渡口下面，那里水面更宽，风景更佳。蓝天映在水里，青山映在水里。白云沉在水底，轻烟浮在水面，竹排在竹篁与轻烟间出没，如果没有这么多人，这与仙境何异。

陶弘景赞为欲界之仙都，斯言不虚。雅集演出的舞台搭在江水上，观众围坐岸上，修篁间隔，古琴悠扬，吟声或婉约，或激越，将我们或带入谢康乐之清新，或引向李易安之忧伤。更有四灵之悠游，水心之博学。让我们饱尝了一场山水诗词、事功之学大餐。

3点半，虽然雅集没有结束，我们还是决定返回。站在桥上，回望楠溪江，波光粼粼，峰峦倒映，茂林修竹，秋韵雅致。真是今朝风日好，宜入楠溪江。我们有点儿不舍，拿出手机，又拍了数张照片——带回去慢慢看吧。

车沿原路返回，一路溪山如画，心情大好。车入四海山时，我们在雁楠路这边的楠溪江支流停下来，稍微休息一下，拍了一些照片。一路上，崇增兄或交谈，或注目手机。我知道他又有诗了。他说正在写下午雅集的诗，有些句子已经有了。但是手机快没有电了。我说，你写成我再和。他说好，你弄篇文章，记录一下我们这次永嘉之行及唱和，留下一篇诗话。我也认为好，便答应了。车过兰章田隧道时，前面有车相撞，耽搁了约半个小时，好不容易从刚好容得下一辆小车的空间挨过来。然后顺利从雁荡山入口回到 G15 高速，回家时已经六点。

饭后觉得累，早早洗澡睡了。第二天早晨醒来，估计老林昨天的诗肯定写好了。打开手机一看，果然发过来了，不是一首，而是两首。

浣溪沙·楠溪江山水诗雅集二首

一

山水源头一脉长，探芳又入白云乡。恰逢今日是重阳。
康乐诗中秋月瘦，凤凰渡口菊花香。传承二字漫思量。

二

路入仙都欲问津，大山有梦亮星辰。永嘉之学喜传薪。
翰墨清时心境合，歌吟起处笑声频。秋来撒野是何人？

品读之后，我如喝下浓浓早茶，浑身舒泰。我迅速起床，吃好早餐，赶往影视园区。到办公室后，先泡了一壶茶，然后坐下，开始写和诗。他是两首，且不同韵，再细读，全诗气韵饱满，意象鲜明，且有新意，尤其下阕的二联，似顺手拈来，但意境与现场契合，确是佳作。我心想：好句已被他所占，如何和之？用了一上午，基本上弄好，中午我发给他请他指教。

次崇增兄《浣溪沙·楠溪江山水诗雅集》二首韵

一

山北山南水脉长，当年古邑是同乡。探幽访友恰重阳。

秋色袭人秋色盛，吟声击水韵风香。诗情起处涨思量。

二

百转秋山入水津，举头仙境语星辰。又逢诗路解传薪。

宰相何如山里作，诗词长向兴中频。原来幸福是闲人。

傍晚收到回复。他认为“韵风”这个词少见，改为“水风”较妥。“击水”改为“入耳”，这样前句的“袭人”改为“诱人”。晚上我再对他所提建议斟酌一番，觉得意见甚是，但似乎仍未达到最佳状态。最后调整为：菊色染秋秋色老，吟声拍水水风香。亦为他所赞同。

至此，算是完成了此行写诗的任务。他共写六首，我写了五首，其中四首相和，也算一美事。昨天下午开始翻看记录，着手写这篇文字。今天上午终于完成。

写诗乃心灵之事，亦是情感之事。情愫所积而勃发，思绪涨漫而成诗。缪钺在《诗词散论》中说诗显词隐，依我看来，诗与词都隐，只是角度与程度不同而已。诗词的一些含意被诗人有意无意地隐藏了起来，说有意，是诗人不想明说；说无意，诗词本来就那么几句话，不可能铺陈开来说，自然不可能做到直白，它必须浓缩，必须隐藏了许多词，省去了许多词，用容量更大的词去表达。然后读诗解诗之人就难以体察到诗人全部的诗意和狡猾。当然，读者也可以顺着自己的经验和知识，作出更多维度的解读，甚至作出诗人自己也没有意识到的解读，甚至离诗很远。这也是诗人没有办法的事。你既然生下了“儿子”，这个“儿子”既是你的，也不是你的了。

所以和好诗也难。和诗可以顺其诗路，继续深化或拓展，也可以另辟蹊径，另寻新意，甚至反其意而和，不一而足。

是为记之。

十月二十七日

宋韵东皇记

辛丑之秋，重阳之际，会于古城东湖。高朋盈座，名士云集，此湖山之盛会；挥毫泼墨，高吟浅唱，当作盛世之咏。秋阳煌煌，湖山闲静，此盛会之嘉时也。把酒临风，众客欣然；驰骋远目，心旷神怡。东湖微波不兴，是处子之静居；长城高峻入云，如戚将军之威仪。

吾邦造化，顶对三辰，原秦皇之疆土。吴帝古郡，开夷洲于万里；唐祖旧府，摄东南之胜概；高宗辅郡，存宋韵之遗风。城接白云，依岗峦之体势；巾子挺秀，拔四塔之巍峨。楼台浴彩，掩街市之熙熙。抚今追昔，当怀郑广文之化人；临槛照水，常思钱太守之治邑。故人云：千年台州府，满街文化人。

年有四季，序属深秋；人有一生，岁在白首。春有播种，夏有耕耘，秋有收获，冬有贮藏，此四时之轮常转。人亦斯然，所谓生命之树长青。山河恒状，然风雨无常；人生苦短，可文章永辉。

是会也，书画雅呈，诗酒共赏。人生无诗，岁月如沙漠之荒；雅集无酒，湖山如嚼蜡之味。屈子有歌，谓之东皇太一。今有嘉酿，曰宋韵东皇。是酒也，王家之枸酱，产于赤水之滨，传三百六十年矣。其色若琼浆，其味如龙涎。名酒落名城，岂非天作之合？赏菊且品酒，平添陶令之趣。南山不远，市井亦近，且看心之所向。李广难封，非无明主之识；卫青一战，自有乾坤之重；白诗无敌，非为宰辅之材；子美流离，仍怀赤子之心；诗酒自娱，放翁报国无门；巧言令色，蔡京四极人臣；书生清狷，是无登龙之机；贵人作态，果有惺惺之意。是故，终南不乏捷径，天台惟是名山。噫，孔子燕居，老子骑牛，真隐者几何，真趣者无多。

今政通人和，风正帆扬，初心在兹，共富倡行。强国之势已成，中华之梦当圆。可凭栏也，喜看疏柳含烟，芳榭流徽，夕辉跃金，括苍如黛。君子燕燕，云胡不喜？高士雅会，岂可无诗？

调寄西江月·重阳

时辛丑重阳于湖上

知乐堂前赏菊，骆丞祠后文章。
秋云轻絮拂重阳。揉碎浮金湖上。

何物颐年最好，开怀宜取东皇。
枸浆香味恰微凉。把盏与君同享。

诗评

徐中秋

何谓“正气”？光明正大的作风或风气就是正气，它是指正直、传播正能量的风气。正气算是正能量的一种类型。正气是充塞天地之间的至大至刚之气。正气，决非那种无原则性的吹捧和盲目赞歌。《楚辞·远游》：“内惟省以端操兮，求正气之所由。”可见，正气是自古以来文人，尤其是诗人所汲汲追求的浩然的气概，刚正的气节。诗的正气源于人的正气，诗的正气源于诗人的良知。我们不能设想一个以诗谋利的人写出的诗能有正气，我们不能设想一个以诗媚世的人能写出有正气的诗，我们不能设想一个沉湎于一己悲欢哀乐而漠视黎庶的人写出的诗能有正气。有正气的诗人才是真诗人，他们或无力荷担却心系天下，他们虽难以救民于水火，却愿为百姓代言。他们见不平敢

徐中秋：浙江省诗词与楹联学会原常务理事、台州市诗词楹联学会常务副会长、著名诗人

发声，他们见邪风敢抨击，他们见腐败敢批判。

吕新景的《负薪集》即将付梓，我有幸先睹为快。翻读吟咏之际，就觉有一股正气扑面。细思之，诗集中的正气主要来自以下两个方面。

一、同情民间疾苦

改革开放几十年来，我国经济迅速发展，已经步入小康社会，人民生活水平得到了极大的改善。但由于发展的不平衡，无论生活上还是精神上，局部的疾苦、暂时的困难、社会的不公，还是存在的。吕新景先生经常把它摄入自己的笔下，经过典型化和艺术化，煮米为饭，化饭为酒。作为台州市诗词学会的领导，他要求会员"常趋草野知民瘼，少向豪门听佩珂"（《贺临海市诗词楹联学会第三次代表大会召开》）。

作为广电的老领导，在大雪封山，家家团圆，欢度春节之际，括苍山上工作人员食品无法接济，他就心急如焚。他写道：

长忆苍山顶，冬云无尽时。
雪封黄麂路，鹰折北风陂。
屋陋衣冰卧，米余盐水炊。
银屏年夜里，谁念曙光碑？

（《括苍山［二］》）

游公园时，看到优美的环境，他就想到民间还有疾苦，期望广大乡村都能达到这样的环境水平。这是殊为难得的。大有老杜“安得广厦千万间，大庇天下寒士俱欢颜”之胸怀和境界。有诗为证：

万朵轻云缀碧空，楼台不与市街同。

我期乡里皆如此，歌在元元心坎中。

（《和合公园》）

作者的怜悯之心不仅体现在对人的同情和爱上，还推广到动物上。看到友人的鱼鹰照，他就想到去拯救。“有谁去解锁喉绳？”鱼鹰是渔人饲养的善捕鱼的鸟，但它也要吃鱼啊！渔人就用绳子宽松地系住鱼鹰之喉咙，使稍大一点儿的鱼吞不下。渔人以此获利。诗人真乃佛心慈悲、众生平等也！

二、忧患意识和批判精神

无论中外，现实主义创作方法都是一种最主要的创作方法，而忧患意识和批判精神就是现实主义创作方法的内核。中国诗歌的源头《诗经》就是这样，到唐代，杜甫、白居易更是把它发展到顶峰。杜甫之所以被尊为“诗圣”就是他的“忧国忧民”和对不合理现实的批判。白居易的“秦中吟”和“新乐府”的批判力量更强。“文章合为时而著，歌诗合为事而作”也成为中国诗歌创作的经典理论。这也成就了这二位我国历史上最伟大的现实主义诗人的地位，光照千古！鲁迅更为大家所熟悉，就不用赘言。从世界文学史来看也是一样，十九世纪至二十世纪上半叶的批判现实主义创作思潮，无论法国、英国还是俄罗斯，都成就了一个时代的文学，这一时代也是世界文学最辉煌的时期。巴尔扎克、狄更斯、司汤达、福楼拜、托尔斯泰……群星灿烂，数不胜数，都因批判现实主义而生色，照耀着整个世界的文学星空！

吕新景的《负薪集》也继承了这种优秀的创作方法。他的许多诗也表现了忧患意识，闪烁着批判的光芒，充满正义感。

对现在农村的破败，他表现了担忧：

随处悠游，看了心愁。

问苍茫、还有吟眸？

垣残藏兔，人老如猴。

只清溪冷，深溪浊，浅溪休。

（《行香子·寄乡村》）

又如：

古村清寥落，断壁照残阳。邻里二三户，空巢八九堂。

（《重阳遥想》）

一个心中没有大众的诗人是看不到这一点的，他们也没有兴趣关注农村改革和农民的现状。吕新景虽出身于农村，但早已离开了农村，仍心中装着农村，关注着农民的命运。

如果说，以上是忧民，那么以下是忧国。如描写这三年的新冠疫情的多篇诗词就表现了忧国忧民之情。如写武汉抗疫时的古风：

奈何太平久，马驴相傍走。
滥竽可充数，熊将能战否？
从不验盘根，钝刀难应手。

（《庚子人日再登西山有作》）

正视现实，不回避问题，是实事求是的精神，是有良知的诗人应有的品格。诗人犹如医生。医生为了人的健康，绝不会去赞颂病人如何如何强壮，而是指出病根，然后对症下药。诗人为了社会的健康，不能只唱颂歌，也要给社会指出病根。所不同的是，诗人只指出疾病，而没有治病之责。只是“引起疗救者的注意”（鲁迅语），如何解决问题则是政府之责。

瘟疫袭来，数年不退。江城武汉，首当其冲。当地官员，手足无措。“为官莫避世，民心岂可负。”作者对当时的武汉吏治进行了委婉的批评：

如今疫病思良佐，往日太平忘五贤。
幸有虎贲星夜去，江城百姓正无眠。

（《元日有怀》）

几年后，他对各地的简单化抗疫也提出了自己的意见：

节尽年终。寒极冬隆。

尚堪忧、疫伏犹凶。

生存不易，少点城封。

（《行香子·大寒》）

《又一年》则揭露了那种华而不实的文风和形式主义的作派：

每每年终总结忙，几多妙手绣文章。

创新词语频频出，提炼功夫个个强。

别比高低惟岁月，莫论迟早有春光。

农人只想仓廪实，管啥何时负增长。

我很欣赏吕新景那首《残荷》：

清影已成枯瘦身，寒塘残照旧星辰。

宁将玉洁抛冰水，留得芳心不染尘。

这首咏物诗不仅是赞颂人格化了的残荷的品格，更表现了作者的高尚情趣和价值取向。

列夫·托尔斯泰说文学是时代的镜子，诗歌应该真实地反映这个时代。现实主义的创作方法应该回归。当今诗坛，表面繁荣，许多谀诗、假诗充斥版面。诗的正气，就如一股清流，显得十分耀眼。同情人民的疾苦和忧患意识就显得十分稀有和尤为可贵！吕新景先生的诗能给诗词作者一个很好的启示。

跋

林崇增

今年七月，新景兄将这六年来创作的诗词联作品整理打印准备付梓，嘱我先给看一看并提出点意见。先读为快，我当时就高兴地答应了。

其实，不少诗作他在创作出来后的第一时间就发给我看过，这次要正式出版，我自然是要认认真真地再读一遍，并把个人意见和稿子及时地寄还。考虑到时间不急，自己身体也欠佳，也就一拖再拖。

日前，新景兄电话中问我对稿子还有什么意见，紧接着便又发过来经过重新整理编排的二版稿——可能赶在年底前要付印了。我忽然有了点紧迫感，时不我待。

将二版稿有选择性地再翻了一遍后，我想主要从诗词、楹联、诗话三个方面来谈点感想，其中诗话部分则稍

林崇增：浙江省诗词与楹联学会原常务理事、青年部部长，台州市诗词楹联学会副会长、著名诗人

吕新景荷诗意　萧旭画

稍作了一些延伸。

一、天高云自白，心淡气如虹

“白岩山农”是新景兄自己取的号，曾有书画家为他刻制了一方汉印，开合多姿，大气凝重，看得出他很喜欢，微信头像上用的就是这方印。原来，白岩山是他临海老家所在村子的一座山，山顶处有一座巨岩高耸，白得很是显眼，所以取名白岩山。新景兄年少时在家劳动，就经常上山砍柴，他也曾多次向我提起过这段艰辛岁月，故此番结集，就取名为“负薪集”。

大山中一个清瘦而坚强的负薪者，我理解新景兄离家五十年后心中的那份乡愁，同时也感受到了他作品中凸显出来的人格力量。

人格力量也可称之为人格魅力，一般指的是人的内在精神因素，包括个人性格、气质、能力、道德品质等方面具有的能够吸引人的力量。就《负薪集》而言，这种力量通过诗联作品也呈现在读者面前。如：

清影已成枯瘦身，寒塘残照旧星辰。
宁将玉洁抛冰水，留得芳心不染尘。

（《残荷四首》选一）

诗写的是残荷，实际传递给读者的是他自己对冰洁情怀的一种追求。另如：

眼前丘壑三千尺，胸次毫无一点尘。

（《行唐诗古道西程村》）

胸中丘壑，志存高远，人格的魅力总是会与攀登者一路同行。

石重泉细吟，榉柳蔚成林。
默坐微澜上，溪心是我心。

（《和白野、乐之万马渡溪上静坐》）

这首诗中的万马渡其实不是某江某河的某个渡口，而是藏在天台山深处的一条大涧，亿万年前洪水过后留下千万乱石相互叠拥所形成的壮美景观。记得那次新景兄相邀探寻此景，我当时就为眼前的气势所震憾，但看他却默默地坐在溪石上若有所思，或已进入了王维“行到水穷处，坐看云起时”的境界，或正推敲着他的“溪心是我心”诗句，无声中向今天的读者传递着自己对待人生的那种淡然。

回看消炙热，无事咏凉风。
小院丝瓜熟，玉壶香茗浓。
天高云自白，心淡气如虹。
且学王诗佛，家山秋意红。

（《六十抒怀》）

这是他即将退休时的那份思想准备，那份坦然面对，那份他人格力量的内化表达。

客路转心惊，深林枯木横。

寒山吞鸟迹，幽涧咽溪声。

泉落冬云湿，潮奔海岳平。

欲冲千尺浪，滔海驾长鲸。

（《观钱江源》）

这是他随诗词名家们去开化钱江源头采风时联想到整个时代的大潮奔涌，有多少人在弄潮掣鲸，诗人不禁因此而心潮澎湃。这是他人格力量的外化表达。

作者的人格魅力也可以从他对家乡的思念中感受到。如：

萧萧林木脊崚崚，五十年过重又登。

莫问负薪时日远，家山藏在最深层。

可以从他与友人的交往中感受到。如：

飒飒金风步意踌，云居寺外客盈楼。

相逢又别无相赠，摘取山前一叶秋。

（《第七届亚洲微电影评奖结束与诸友话别》）

也可以从他对新时代发展建设成就充满自豪感这一点

上感受到。如：

赏雪冰城，观鱼南溟，高铁纵横一夕还。

（《沁园春·贺杭绍台高铁通车》）

还可以从他办公室窗外不经意的一瞥中感受到。如：

万朵轻云缀碧空，楼台不与市街同。
我期乡里皆如此，歌在元元心坎中。

（《和合公园》）

台州影视产业园就坐落在“和合公园”一侧，和合公园的美景新景兄每日可见，已见到他写过多首，每每触动他的那一份乡情——什么时候家乡的乡亲们也能享受和大城市一样的美好生活呢？据我所知，这些年，新景兄也为他老家传统村落的保护和建设出了不少力。

细读《负薪集》，作品中凸显出的人格魅力无处不在。它还表现在作者对于时局变化的判断力上，作者敢于亮明观点，从不隐瞒，绝不人云亦云。如：

二月春风杨柳翩，纷纷乱局说开年。
苍龙昂起东方处，玄武奈何铁幕前。
满口自由谁信也，一炉祸水世知焉。
莫惊群雀常呼噪，多少霸王没大千。

（《二月二龙抬头观俄乌战火》）

对于当今官场的某些弊端、社会现实，他敢于直面，敢于言真。如：

每每年终总结忙，几多妙手绣文章。（评：“绣”字大妙）

创新词语频频出，提炼功夫个个强。

别比高低惟岁月，莫论迟早有春光。

农人只想仓廪实，管啥何时负增长。（评：此处“长”字为仄声，但“负增长”是专用名词，不能因声韵而害意，作者明智）

（《又一年》）

而收在集子中的那首长篇古风《庚子人日再登西山有作》，则更是把他的人格力量展现得淋漓尽致。

这首诗写的是当时武汉暴发疫情，全国抽调人员支援抗击新冠疫情的伟大壮举。谨录数段：“前度登山向东方，海上风来岚气香。今朝西望那三镇，黄鹤楼边断离肠。”开门见山，直奔主题。“白衣洁如雪，白衣血已热。白衣美如玉，白衣意如铁。举国同声气，誓把顽疾灭。”这是赞颂医疗人员请缨上战场的大无畏精神。“君不见、台上报告花锦绣，摄像机前不知怎开口。”这是写新闻舆论监督下的官员囧态。“为官莫避事，民心岂可负！我盼天公重抖擞，国有难，猛士守。”这是诗人良心的呐喊。这就是诗词作品传递给读者的人格力量，这种力量会在国家危难时刻得以升华。

二、两行悬智慧，七彩靓山川

《负薪集》中收入的楹联以风景区联为主，数量不多但是很有质量，很有亮点。

我们知道，诗联同源，形似兄弟，但却是两种各自独立的艺术门类。一般能诗者亦会写几副对联，但这并不能代表他们就真正懂得了对联艺术。诗和联的创作在造句结构、平仄交替、用韵变化、语境运用上是有所不同的，对联绝非仅仅只是诗中对仗的简单重复、组合和移用。

可以看得出来，新景兄楹联创作所走的是一条文人联的路子（相对于民间通俗化对联而言）——内涵丰富，极具韵致。细细品味，你会读出他联中闲适恬淡的人文关怀，随缘适意的人生态度，其中妥妥的都是智慧。如：

借一角台山，观月观星，自得陶公所乐；

居半间雅舍，听风听雨，岂无范相之忧。

——题台岳精舍

名山不嫌名人多，作者拉上几个“角儿”为此精舍增光添彩，想陶渊明和范仲淹两位肯定是会给点面子。又如：

半辈子史经，何如此中开悟；

一山儒释道，试问谁堪比肩？

——题台岳书院

“子史经”正是该书院的内核，“儒释道”恰好在台山齐全；“开悟”对“比肩”，如此意巧词工，天造地设，想是他处书院移之不去了。又如：

九万涓双江入海；

三千仞一柱擎天。

——题括苍山

此联气势宏阔，横是江海，竖是山岳，乾坤上下尽在眼前，括苍山得此一联，亦应无憾。

集中还有不同风格、不同口味的联作，再举二例：

登阆风而绁马；

济白水以乘云。

——题阆风苑

一笑解他三千心结；

能容算你八尺男儿。

——湫水山迴龙寺

上一副联典出先秦屈原之《离骚》，文字借用，庄雅深奥；下一副联挂弥勒殿两边，用语诙谐，不失机智，各有一番情味。

当然，最值得一提的还当数这副洋洋洒洒 334 字的《临海灵湖长联》，比起孙髯翁的 180 字号称“天下第一长联”的昆明滇池大观楼楹联还整整多出了 154 个字。

新景兄的这副长联恣意汪洋，在创作手法上借鉴了前人的成功经验，横写山川地理，纵叙人文历史，但内容上则是全新的，大凡临海（旧为台州府）的地理风情、历史人文、生态环境、城市建设、规划蓝图等，都能在联中找到其相应的位置。特别应该点到的是上下两联结尾，“更何况、有五峰在水，双塔摩云；邀月灵湖，问茶临海”，“莫犹疑、趁星拱北辰，涛飞东海；腾龙强市，筑梦长城”中以“灵”“临”对“强”“长”（方言音），知古出新，同音自对，妙不可言。联之魅力，实见人之魅力！

三、谈诗新笔墨，记史富春秋

新景兄自从领导岗位上退下来之后爱上了古诗词，因此我们有幸认识并成了朋友。和他一起出行或参加文化活动是件十分开心的事。一切他都搞定了：看山川，你只管为山川代好你的言；品历史，你尽管把历史挖出个洞。其他的，你就甭管，就连车子都亲自为你开，他没一点架子，亲和得很，尽管其气如虹。他的人格的魅力是与之接触过后才会被发现的。

应该说新景兄他首先是一位作家，小说、散文早已有成；又是影视人，已经制作播出了多部电视剧，阅历丰富。这些，都对他的诗词创作十分有利。

这几年，他尝试着把诗词和散文的特点相结合，又开始写起了诗话。

诗话是论诗之体，是诗歌理论批评的一种形式。狭义上指诗歌鉴赏、诗歌批评；广义上讲则包括我们认为的诗人交往、行迹记事、轶闻琐事、诗坛议论等。而写作诗话之风肇始于南朝钟嵘的《诗品》，成于宋代欧阳修的《六一诗话》，盛于宋，至明清两朝颇兴，象严羽的《沧浪诗话》、袁枚的《随园诗话》，直至赵翼的《瓯北诗话》和梁启超的《饮冰室诗话》等。一般认为最后的一部诗话是现代学者钱锺书先生的《谈艺录》。

新景兄写的诗话应该属于后一种范畴。记述与诗词相关的活动，讲讲作品背后的那些故事，是一种散文和古体诗词互相融合的尝试。我很喜欢这类文字，正好新景兄也喜欢并擅长写这类文字。

收入《负薪集》的诗话仅3篇，但据我在朋友圈中所见，他还有《中南半岛六记》写越南、泰国、老挝、柬埔寨的，有《长忆家山》写家乡的，有《且与何人念负薪》写家山的，有《不负青山不负人》写天台后岸村的，有《过三门多宝寺》写郑虔的，有《琼台三吟》写天台山的，有《汨罗行》写屈原的，有《西安三宫怀古》写阿房宫未央宫大明宫的，有《辋川寻王维》写王维隐居的。

还有多篇比较简单的就不列了。这些诗话与古人诗话不同，文字新了，历史活了；也和时人的游记有明显的区别，内涵厚了，味儿醇了。但我在这么多的作品中一直没有发现那年我们一起去敬亭山寻访李太白遗踪的那段难以抹去的记忆。

记得是 2016 年 5 月间，我和新景兄在长兴一起出席一个会议，最后一天是游览顾渚山。因我二十多年前来过一次，对再游不是很感兴趣。他也不感兴趣，但却对产自顾渚山且被茶圣陆羽谓之“天下第二”的“紫笋茶”说得头头是道，估计以前肯定也来过。他私下约我提前离队去安徽的敬亭山一游，恰好温岭张岳先生也有此意，我们三人就一路同行。

长兴到敬亭山不远。车子还是开了几个小时，路上大雨，至宣城下榻处已是傍晚，雨犹未停。用餐、聊天，谈论着李白笔下的那座“众鸟高飞尽，孤云独去闲。相看两不厌，只有敬亭山”的真面目究竟是个什么样子。因明天要爬山，大家早早便休息了。

翌日是周末，晴雨不定，我们先看南朝文学家谢朓登高的城楼，不巧大门关着。见告示：周一闭馆。遂决定先到远一点儿的敬亭山。

敬亭山在宣城市区北郊，是中国历史文化名山，原名昭亭山，晋初为避讳易今名。山有峰60座，坐拥一峰与净峰、翠云峰并称三峰。山中云雾缭绕，林木葱茏，加之小雨初晴，鸟雀欢闹，其间寻访太白遗踪，大家游兴甚浓。

一路上见到名人的诗词书法题刻无数，巨石摩岩“诗山”二字特别显眼。我还记得太白独坐楼宏大，天际阁缥缈，爬上丹梯亭时稍作休息，新景兄已有诗成：

众鸟闹林间，闲云去又还。

烟霞生碧树，青竹隐光斑。

独坐通天际，相看登绝峦。

长歌怀太白，直上敬亭山。

（《与白野、张岳同登敬亭山》）

一路景致如实记录，作为李太白的“迷弟”，他这游山鼓劲的榜样力量确实是让人敬佩得很。

下山途中经唐玄宗九妹玉真公主坟，我们也好奇她的故事，新景兄向我们说起了很多关于李白、王维与玉真公主的轶闻。我们非常佩服他知道得多。

敬亭山下来后，我们心有不甘，重返谢朓楼，却依旧铁将军把门，莫可奈何，只好绕楼数匝准备返程。忽见近旁有文物管理机构，略怀希望地与之说明来意，主人见我们亦是同道中人，遂破例开门许入参观，亦算是未虚此行。

回到家后见新景兄又已成一律：

两访高斋闭，三人绕北楼。

登临非我意，拜谒在心头。

俯首诗清发，浮杯客更愁。

已迷廛市眼，何处识归舟？

（《再访谢公楼》）

我亦以《雨后登敬亭山不可无诗，因寄新景兄》一律回复：

一杖敬亭上，双溪眉宇间。

宣城收眼底，梦境落人寰。
高阁三峰在，微云四月闲。
天公怜我辈，夜雨洗诗山。

此行我们三人收获颇丰。

读新景兄的诗话，勾起我许多交往中的美好记忆。我觉得这类新的散文诗话很有价值，期待着他日后能单独出一本集子。同时建议对写诗话有兴趣的朋友们不妨也可以尝试尝试，大家共同努力，将诗话这一传统形式继续发扬光大。

聊为跋。

2022 年 10 月 27 日初稿于台州市白云中学
10 月 30 日改定于椒江星河园寓所

后记

余年轻时也爱文学。就学金华，在蒋风师指导下，与三五同学组织儿童文学兴趣小组，先弄儿童文学，继而做小说，稍有小成。就业后，正百废待兴。劳累之余，犹时念写作，坚持有年，渐少。时有开头，终不成篇，遂搁笔。

宦海经年，或有所游，或有所思，偶尔写个随笔游记，算是没有忘怀。晚岁，从事广电多年，涉足影视，起意促成几部电视剧。编剧曰：君为某某之父。余汗颜，不敢掠美。唯一堆论文，皆工作所思，获奖甚多，却非余所求。业终，编一文集，曰《整合与分散》，算画上句号。临退，有浙江文友曰：尔可归队了。余曰：难。

赋闲后，随诗友优游山水，感时忧世，竟发现诗词之美，文字之美，遂生快意，亦生负薪之感。数年后，集腋成裘，删三择一，竟然可编一册。想余一生，初爱小说，偶为散文、诗，因忙于冗务，加之不勤，素无所成。不意栽花未发，插柳微荫。唉，人生道路，与河流无异，不经意处就会拐弯。

在诗词集付梓之际，余十分感谢周文彰先生为诗集题词。感谢林峰先生不吝赐诗。感谢朱关田先生、卢乐群先生、郑作良先生、薛少仙先生、田林海先生、马进良先生、王波先生和众多书画家朋友为小诗作书作画。感谢王骏先生和李亮伟先生为诗词集作序。感谢林崇增、徐中秋吟长的指导。感谢金岳清、左溪、方匡水诸友不吝帮助！余言不宣。不周之处，诸友谅之。

是为后记。